寂寞太近，而你太遠

肆一

自序

沒有人能讓你覺得自己不重要

因為總是凝視著另外一個人，所以忘了看照自己；因為別人不看重自己，所以也覺得自己不重要；因為他對自己不好，因而開始認為自己不值得被好好對待。最後再因為愛情不要自己，所以就連自己也否定了自己。我們都是一樣，在愛的時候都是這樣。我們總會不小心忘了，其實自己很重要、永遠都值得擁有好的對待。

也是這樣，因為害怕被嘲笑、擔心著一說了就承認輸了，所以那些不敢張揚的心情，總是小心翼翼、顫顫巍巍地隱藏著，然後在無人時、夜深時，就著陰暗的掩護，悄悄地探出頭張望。即使沒有答案也要不到答案，仍然反覆

……………………

問著自己：「為什麼所要的那麼簡單，但愛情總讓你覺得自己要求太多？」也不想讓別人看到自己的眼淚，你不要自己這麼不爭氣，所以只好躲起來，不要讓傷心找到就好。那段時間你用了最大的力氣在與傷心玩捉迷藏，但後來才發現只有寂寞閃不掉，一直都在身後尾隨著。悄然無聲，但在心裡卻發出轟天巨響，緊閉雙眼仍在耳邊作響。

如果是這樣，那就躲到這裡吧。歇息一下、停靠一下，好好感受自己的心情，而不是顧慮別人的，在有些時候，停止其實是最好的前進。那就躲到這裡吧。我希望這本書是可以遮風避雨的地方，在傷心與寂寞之間的間隙，有個能夠喘口氣的空間。

這是這本書的初衷。給努力在堅強起來的、給還不想放棄的我們，一點點的安慰打氣。就像是輕輕拍拍肩膀說：「都會好的。」一樣。這是一直以來，很想努力傳達給大家的話。

不知不覺，這已經是第五本書了，原來已經跟大家說話了這麼久的時間了。想起時，仍然覺得很不可思議。總是很謝謝你們喜歡我的文字，謝謝你們讓我覺得自己寫的東西不僅僅只是一個人的自言自語。謝謝你們總是陪伴著，我始終滿懷感激。也謝謝一直始終都在我身邊的家人朋友，因為你們，所有的事物都有了新的意義。

我們都不完美，但總是努力想讓自己更好。過程常常很難、有時也會想放棄，可是也走到了現在。所以，如果他已經走了，請關掉他給的傷心，留下自己，不留眼淚。已經很難的事，就不要再加上自己的為難。

最後還是要不斷提醒著，這世界上沒有一個人可以讓你覺得自己不重要，除非是你自己認為，也不要讓別人的對待來決定自己是否值得被愛。你的好、你的珍貴，都不需要是另一個人的肯定才能成立。

要一直去記得自己的好，即使距離完美遙遠，但永遠都應該要被真心誠意地對待。

祝　好。

肆

1 我擁抱著你給的寂寞

2 傷心問：「你還好嗎？」

3

剛剛好的寂寞

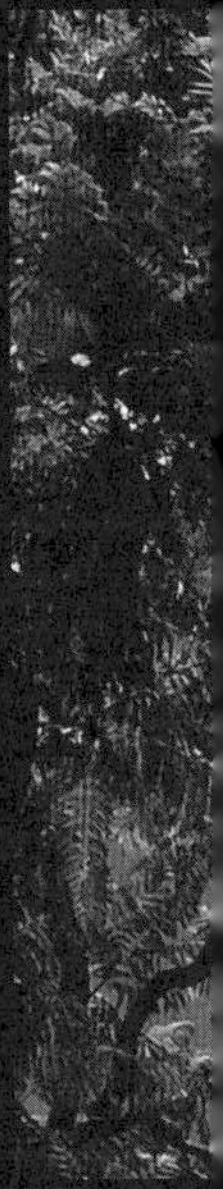

4

我們都會好的

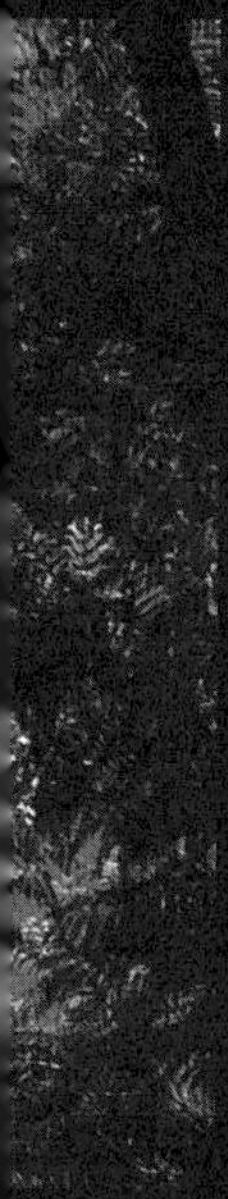

1

我·擁·抱·著·
你·給·的·寂·寞·

轉身離開之後，寂寞高掛，
是不歇息的太陽，而你忘了自轉，
是不分晝夜被照耀著。
寞成天閃亮，照得你終日心慌。

你走了，寂寞亮了

一個男人的告白：「寂寞找上門了怎麼辦？不能應門，離得愈遠愈好。因為只要一被跟上，就再也甩不掉、逃不了，會被折磨。」

所謂的「寂寞」，不是他離開了，自己是一個人；而是，他已經很遠了，但卻始終覺得他還在。每每只要這樣想到，最是寂寞。

第一次深刻感覺到它的存在，是在他離開後的第一個夜晚，深夜的晚安鈴聲沒有響起，但你老覺得有所動靜，先是屏氣凝神，而後草木皆兵。你不時張望手機，仔細聆聽、深怕遺漏，愈是專注就愈是靜默，愈是靜默就發現愈是喧囂。寂寞取代了來電鈴聲，終於開始喧譁。然後，從此就住了下來，在你身後尾隨著，冷不防地就拍打一下你的肩膀，於是你只得終日頻頻回首。

接著，你開始習慣陰暗的空間。你把燈都關了，只留下桌上的小燈，跟著也換了燈泡，一點銘黃色的光暈就燃著，像小火，這樣讓你感覺稍微溫暖，很好。你在光線模糊的空間裡移動，來去自如，昏暗讓你有安全感，你隱匿在其中，只要不出聲，就不會被寂寞找到。只要不夠明亮，就也不會看見寂寞張牙舞爪。可是你這也才驚覺到，他一度是你的去向，望著他就等於向著光一樣，然而他走了之後，你以為世界會就此黑暗，但沒想到寂寞卻亮了。

他轉身離開之後，寂寞高掛，像是不歇息的太陽，而你忘了自轉，於是不分晝夜被照耀著。寂寞成天閃亮，照得你終日心慌。

然後，又過了一陣子，你逐漸習慣了寂寞的作伴。就像是突然從光亮的地方進入陰暗的空間，眼睛終於適應了光線，日子開始習以為常。甚至，它更讓你有安全感，只要有它在，就不會有其他人打擾；只要有它在，你就再不怕受到更多的傷害；只要有它在，你就可以專心地只看照自己就好。你把寂寞當成了是一種救贖來看待，互相陪伴，但不多做打擾，這樣很好。這樣的日子，沒什麼不好。相安無事，是相處裡的最高境界。

平安就是幸福，你真心以為。但不知怎麼你卻開始發現，有時候就連要真心地笑，都覺得勉強，於是你這才驚覺，原來自己並不快樂。你的心滿意足，竟只是一種冀望、一種假想，而不是成效，你只是用最低限度的方式活著，而不是在生活。所謂的「平安就是幸福」，其實包含了平靜的喜悅，而不是別開臉的粉飾太平。跟著你也更體悟到，自己不過是拿寂寞替代了愛情，填了空，但它卻從來都不是愛情。你的心滿意足，一下就破功。而你所有以為的攻不可破，其實都只是掩耳盜鈴，只消輕輕一碰，寂寞就鈴聲大作。

很後來你才懂，原來是自己把「一個人」當成了一件壞事，所以才會亟欲

••••••••••••••••••

掩蓋，也所以才會長出寂寞。獨身長出了惶恐，跟著惶恐灌溉出了寂寞，怯懦再使它茁壯。可是一個人並不是壞的，單身當然跟戀人不同，但都有各自的好處，只要凝視的方向對了，就能有收穫。只是因為你還想要兩個人一起生活，所以才會誤把它當成壞的，你終於明白了。

他走了，或許寂寞亮了你，但你再不打算去迴避，你希望藉此看看自己，跟心裡的自己說話、陪自己散很長的步、每天回家試著為自己下廚，你開始學著把日子過成一種情調，而不是憑弔。你努力過好一個人的生活，然後去想，有機會再找個人一起生活，但不是非要不可。一個人，隨時隨地都要讓自己覺得好，才是你的最首要。

愛的副作用

一個男人的告白：「感冒要多休息、多喝水。
但，還是要去上班。失戀也是。」

你發現，單身的痛苦不是在於自己是一個人，而是自己曾經是，兩個人。

你談過心無旁騖的戀愛，很簡單、也很單純，總有聊不完的話題，沒事就膩在一起，只要兩個人在一起就是打發無聊。沒有用不完的時間，只有還沒去做的事。那時的你們沒有目標，但卻一起走了好遠，你的左手掌始終有他右手掌的溫度，他的掌心朝下、你的掌心朝上，就像是他在保護你一樣。整個城市都有你們的足跡，你們週一去大賣場、週三吃小火鍋、週五去逛街，東區或西門町都可以，然後週末挑一場電影看。你們的生活很固定，但你生平第一次看到了未來。

在那個時候，即使流了眼淚，但只要大哭一場就會蒸發，愛情沒有任何副作用。

……………………

後來，你恢復了一個人。並不是什麼聲嘶力竭的決裂，你們分別得很祥和，甚至最後還給了彼此擁抱。你們約好當互相關心的朋友，換另一種形式再一起度過下個三年或五年。以前的你不相信什麼緣分，但後來卻發現其實每段愛情原來都有壽命，就跟人一樣，你只能很努力，但無法保證什麼。你在愛裡面成熟了，但有時候愛情就是跟不上彼此的腳步。愛情有愛情的命，對此你很了然，沒有不服氣，只有很可惜。

你又回到初生的模樣，你把那些在愛裡得到的力量拿來照顧自己，一個人逛超市、一個人晚餐，週末則多花點時間在家裡與自己相處。但是，卻隱隱覺得自己有些不一樣了，就像是那把約定好不拿回來的鑰匙，你把某部分的自己交出去了。你開始會聽到自己的心跳聲，就在耳邊迴盪，而且隨著單身的時間拉長聲響就愈大，幾乎讓你喘不過氣。你以為這是孤單症候群。

....

但是，跟著你卻發現，你的痛苦並不是來自於單身，而是來自你一直記得戀愛的美好。你的記憶、身體都牢記著那些有過的美好，抓著不肯放，因為得不到，所以長成了苦澀。你不是害怕孤單，而是害怕「再也沒有那些愛的感受」了。於是，在深夜裡，你每每想起這件事，心就變得加倍慌張，幾乎就要被鋪天蓋地而來的寂寞給淹沒。

你這才發現，愛的副作用是，害怕。

那場戀愛教會了你如何在愛裡自處，但卻沒有告訴你，如何在失了愛裡頭生活。就因為戀愛過，所以你跟著知道了害怕的滋味。但是，同時你心裡也清楚知道，愛情的美好並不會因為這些痛苦而一筆勾銷。因為你的痛苦並不是源自於失去，而是害怕。

……………

於是你明白了，自己只是暫時對於愛情過敏而已。但舊愛的餘溫會散掉，就像是冬天裡的暖被，你會醒來，然後在天亮時打了個噴嚏，知道自己終於痊癒，然後跟另一個人一起過下一個冬天。

你後來也才知道，原來其實這些都是愛情的一部分，相愛時相依，分手後則是要學習微笑。

要多好，才算足夠？

一個男人的告白：「喜歡一個人，對她好是應該的。
不喜歡一個人，再好都是負擔。」

「為什麼是他甩我？」他離開了之後，你的心中一直對此耿耿於懷，這件事就像是你身上的夏季曬痕，過了兩個季節還褪不去，冬天來了還賴在你身上捨不得走。因為你不服氣，因為你對他很好，因為你對他好到連自己都覺得不可思議的地步。

在他身上，你看見了另一個自己。他犯了錯，你的第一個念頭是「我哪裡做得不夠好？」；他辜負了你，你想到的卻是「我要讓自己更好。」你猜想對一個人好，就等於留住一顆心。

「好」那麼珍貴，沒有一個好是理所當然，因此對方應該珍惜，就像是你對他一樣。所以你不問收穫，只問對不對得起愛情。你不擔心自己受苦，只怕凍了愛情的花長不出果。因此你努力讓自己更好、對他再好一點，你想像「好」是沙漏裡的細沙，每多付出一些，終會累積成愛情，這是你的迷信。

…………………

但沒想到他一個反手，一切又歸零。

你相信「好」會被看見，只要自己做得到。但怎樣也沒料到，對方可以不要。

後來，你對自己生氣。其實他沒那麼好，即使是身在其中的你都看得出來，但你卻老覺得自己配不上他。你用他的錯來否定自己，然後還覺得自己不夠好。所以你不甘心，在門外搖旗吶喊只為求得一次重新答題的機會；所以你也氣自己，氣的是你對他的好恰恰映照出你對自己有多麼不好。你開始發現自己原來沒有自己想像的了解自己，你的假設都只是假設，真實永遠都不會照著你的步伐走，愛情也比你以為的殘酷，根本沒有給人反悔的機會。

你用了很多的淚水才學會，原來，「好」不是愛情裡的必須。

就像是他之於你，他對你不好，但卻讓你死心塌地。那時候你才真的懂了戀愛用的是心，而不是大腦，邏輯分析無法幫助你談好一場戀愛。就像你也無法跟外人解釋他「哪裡好」，「好」是一個形容詞，而非名詞。而「好」，是由愛產生，而不是用好長成愛情。

但可以確定的是，「好」不是愛情裡的主餐，而是配菜，沒有一個人會為了配菜上餐館。

而當愛情只剩下你的好，距離失去比較近，離擁有比較遠。你終於明瞭了，「好」就像是你在十六歲那年就挑好預備在婚禮播放的歌曲，只有懂得的人才能感受到，只有對珍惜的人才能產生意義。就像是酸甜苦辣，每個人都有各自的味覺，各自的體會，你無法用自己的舌頭去替他人感受，就也好比他不要的那些好。

・・・・・・・・・・・・・・・・・・

原來、原來，「好」從來都沒有足夠不足夠的問題，只有珍惜與不珍惜的差別。

退到最後，離開了那場愛的風暴後，你才搞懂，其實你可以把對他好拿來給自己。或許他會辜負你，但只有你懂得自己的價值。而其實誰先提分開並不是重點，重要的是你跟一個爛人分手了。為此，你就值得大肆慶祝。

從今天開始，你可以為自己在夜裡點一盞燈，把位置空出給另一個人，而不是為他等門。至於你的好，你可以先留給自己。

提問愛情

一個男人的告白：「求生意拜關公，求平安拜觀音娘娘，求錢財就拜財神爺。姻緣，就選月老。」

你很想問愛情，為什麼談一場戀愛這麼難？

你看著新聞頭條，感到一陣沮喪，電視上的女星都嫁過兩任老公、生了三個孩子，眼看已經要再嫁第三回了，而且她才二十五歲。而你，不過只是想要談一場戀愛而已，這樣的願望，很過分嗎？彷彿是一個貪心的孩子，奢求自己要不到的蕾絲蓬蓬裙一般，你用羨慕的眼光看著聚光燈下的女孩，自己站在陰暗的角落，覺得被世界給遺棄。你並不奢望一個高大英俊、家財萬貫的對象，而只要一個懂你的人，一個可以在你心情不好時候，不是試圖逗你笑，而是為你泡一杯熱茶的他。你的願望如此簡單，可是愛情卻怎樣都不簡單。

你怎麼樣都不懂，自己只是想要愛，而愛情卻常常讓你覺得自己很奢侈。

……………………

你也試著猜想，是否自己做錯了什麼事？才會在愛情門口投遞了好幾封履歷信，卻都被退回。心慌是盞檯燈，在夜裡還張揚著，讓你不得眠，你就著燈花了好幾個夜晚重新審視履歷表，卻發現上頭連一個錯字都沒有，但愛情卻總讓你吃了閉門羹。於是你不停地問愛情，是否自己缺了什麼？你看著拿到戀愛入場券的人，以為可以從她們身上找到典範，但只換來更大的打擊。

你發現自己並沒有比她們差，你唯一輸掉的就是——她們擁有愛情，而你沒有。

接著，你聽見了耳語，有人說，愛情需要緣分。因此，你問，緣分在哪裡？多拜幾次月老、多繫幾條紅線，東北方再擺上粉紅色水晶，這樣夠不

……………………

夠？算命師父說你的真命天子要一年後才會出現，但已經過了三個一年，你遞出去的紅包卻比你跟異性牽手的次數還要多。你看著同學聯絡簿上的已婚名單愈來愈多，覺得自己離愛情愈來愈遠。你並不貪心，但卻連下場的機會都沒有，戀愛候補名單上始終都不見你的名字。

你又問，愛情為何總是讓人傷心？要多努力才能夠擁有，要多虔誠才能夠留住，要多溫柔才會被珍惜，還有，要多麼堅強才不會受傷？到了最後，你開始問，愛是什麼？但愛情始終沉默不語。可殘酷的是，這些疑問句並沒有讓你就此不要愛情，反而加倍提醒了你的欠缺。傷心沒有把你推向宇宙，反而像是地心引力把你從天上向下拉，讓你在愛裡下墜，幾乎破碎，覺得自己被愛給丟棄。

……………………

在愛情前面，你有那麼多的為什麼，甚至、甚至，最後你開始覺得疑惑已經多於期待。但同時，你的心裡卻也明白，你並不是不想要愛情，從來都不是。問題是在於你那麼想要。不想要一個東西，並不會傷人；但那麼想要，卻得不到，可以毀掉一個人。對於愛情，你還是有很多的疑問、有那麼多的不服氣，你不停地問，但繞了好幾圈才發現愛情問不來，自己還在原地。

可是，愛情是一種映照，讓你可以面對自己，從一開始的不甘心，到最後你開始學會在愛裡誠實，縱使它有多麼讓人傷心。你終於明瞭，在跟愛情爭道理之前，不能先輸掉自己；而在問愛情之前，你要學會先問自己。

或許愛情沒有解答，但你卻能聆聽自己，在等愛的路上不讓自己迷路。然後，隨時上路，再愛一回。

相愛的證明，背叛的最佳證據

一個男人的告白：「毫無疑問，男人就是禁不起誘惑，所以追究這一點沒有意義。但不懂得拿捏分寸，又是另外一回事了。」

終於，你必須難堪地承認，在被背叛的過程之中，其實要發現些什麼線索並不難，最難的是，你要什麼都沒有察覺。

兩個人在一起，無論開始的步調差異多麼大，即使後來也不一定速度能夠完全一致，但只要時間夠長，總會、總能培養出某種默契，某種一起往前走的方式，或許不夠完美，但卻是獨一無二。而這，就會是一種心照不宣，是屬於你們獨有的相處方式，別人模仿不來、強求不到。就像是行星軌跡，你們培養出了專屬於彼此的戀愛常態相處模式，然後運作。

也因此，只要稍有變化，你輕易就能察覺。也或者是說，你並不用刻意去觀察，就能夠感受到其中的不同。你知道他說謊時會摸耳朵、你了解他最忙碌的月份是在三月與十月，現在不應該是加班的季節、你也清楚他偶爾會不修邊幅，但只有在戀愛的時候會特別在意外表，就跟當初你們剛在一起時一樣……你了解他的一舉一動，這些都是你們一起經歷過，然後累積起來的寶藏。所以，哪怕是只有一點點的不同，你都會在第一時間就發現。

你怎麼也沒想到，你如此珍惜的兩人回憶，那些你們一起創造的，現在竟成了背叛的最佳說明。共有的，不僅僅是你們相愛的證明，現在也成了傷心的證據。

再後來你才理解到，原來劈腿需要的不是好演技，反而是不作戲。你們要像尋常一樣，偶爾鬥嘴，然後和好；鬧鬧小彆扭，然後再討彼此歡心，而不是他開始一味地對你好，一爭吵就先道歉。過分的好，就是一種不自然，就像是突然的一束鮮花、一份禮物，都是蛛絲馬跡。女人用購物來發洩不滿，

……………………

男人則靠送禮來消除愧疚感，你太明白這點。

所以，你並不需要仰賴什麼過多的證據來佐證他的背叛，你只消用自己對他的了解，就可以推敲出幾分。抓姦在床、衛星定位、跟蹤追逐……原來其實都不是在找證據，而是在確認。因為懷疑了、不對勁了，所以才窮追不捨，非要親眼看到才算數。你要求證的，不是「他不可能會這樣對你」，而是「他怎麼可以這樣對你」。愛情的開始講求的是感性情緒，但唯有在變心的時候，才追求理性科學，你覺得有點諷刺。

可是，劈腿不講眼見為憑，因為眼見了，有的只會是碎裂，而不是什麼憑藉。經歷過了，你才懂這點。

....

最終是，愛情某種程度而言是一種互相的討好，只不過這種付出是一種心甘情願、一種你來我往，而不是單方面的給予。所以，當他開始把該給你的好，拿去給了另一個誰，你也要試著收起該給他的好，你不是小氣、也不是吝嗇，只是，你知道自己很好，所以也值得有人對自己好，如果他不行的話，你也可以不要。

戀愛，是一種讓自己開心的方式，所以當不開心的情緒大於開心時，你要靠自己開心。而你，始終都要記得去討自己的歡心。

你迷信愛的預感，但不信壞的徵兆

一個男人的告白：「相不相信『命中注定』？我相信。但我更相信，天無絕人之路，沒有誰注定要一輩子孤單。」

一抹微笑、若有似無的視線、無聲勝有聲的默契……跟著，你就陷入了愛裡。

所有的愛情都是這樣開始，一點點的細微、再多一點，這些都是愛的預兆，最後就凝結成一張無邊際的網，讓人逃不出去。他很好，甚至有點太好，於是你慶幸自己的好運，更加欲罷不能，只是你從來都沒想到，在網子上頭的自己原來真的是隻蜘蛛，而你不過是獵物。你以為的從此停泊，原來竟是囚禁。但就因他很好，所以你才沒想到，也才即使發現了也不去相信。

愛情裡的好，原來可以是壞的，因為他那些從前的好，結果都反過來變成了是後來所有壞的脫罪。

……………………

也就像是，你明明已經發現不對勁了，他的眼神、他的語氣，更不用說他的舉止。但你仍繼續用那些曾有過的好來安慰自己，欲走還留，所以才到了門口又折回，一次又一次，然後每多掙扎一回，羈絆就會又更深一點，最後才連逃都沒辦法；而別人則用那些好來指責你，說你不懂感激，你被夾在中間，動彈不得。每每想要逃脫，那些他曾經對你的好，就會拖住你，只要走得稍微遠一點，反彈的力道就愈是大，然後遍體鱗傷，心上跟身體都是疤痕。

但你還在用那些好來安慰自己。「他以前對我這麼好……」「他其實沒那麼壞……」你們以前共有的那些美好經歷，不知怎麼地，今天竟變成了你對未來的願景，以前他可以的，以後一定也回得去。你覺得好笑，笑到身體都痛了起來，低頭一看，才發現早已是體無完膚。你才懂了，原來，曾經的好竟成了現在餵養傷口的養分。

‧‧‧‧‧‧‧‧‧‧‧‧‧‧‧‧‧‧‧

你本來想責怪他，但跟著才發現是自己沒離開，原本你擁有選擇權，只是後來被自己給讓渡出去。你用你的選擇權，去交換了「未來或許會再好」的可能性或是念頭，一直到碎裂了才驚覺自己不僅是沒了選擇，而且也沒了以後。

在愛情裡，我們總是相信直覺、相信一點愛的小預兆，拿這些虛無飄渺來當作依據；但在感情變質的時候，卻不相信那些顯而易見的壞的作為。

愛情常常在不知不覺中變了調，很尋常的生活、很日常的時間的推移，日子就是在這種毫無察覺的狀態下已經不一樣，不會鈴聲大作示警，因為規律的生活會掩蓋瑕疵，讓人麻木，習慣了痛。也沒有所謂的清醒，因為醒來就只剩碎骨粉身。

……………………

因此，也才錯過了可以回頭的契機，回頭，不是說回到他的懷抱，而是回到愛的最初衷。

其實，離開一個人跟相愛很像，都需要一個剛剛好的時間點，才能夠走得掉或談成一場戀愛。因此，在相信愛的預感時，同時也請去相信壞的徵兆。愛上一個人，他一定有哪裡好，否則你們不會在一起，但這並不表示人會一直都好，能理解這件事，在適當的時候轉身，才是對愛情好。

有時候，離開，並不是拋棄了愛情，而是保留。留下自己對愛的好的想望，才有機會再去愛人。

聽說我們不再相愛

一個男人的告白：「不管對誰，即使是最知心的朋友，
『我不愛她了。』都不可以隨便說出口。
即便只是玩笑，一旦傳到她的耳裡，她就會真的不愛你。」

「聽說，你們不再相愛了。」語法是過去式，語末的那一個「了」更是最佳的證明。我去過了、我已經到了……說的都是已經完成，或是已經結束的事。

因此，當這句話從別人的嘴裡傳來時，就像是突然被甩了一個巴掌似的，你措手不及、無法反應，只有臉頰上的熱辣辣還疼痛著。等麻燙稍微退去一點之後，你才開始追問、也才記得要追問，他是怎麼說的？在什麼情況下說的？「玩笑話？」無法帶給人歡笑的話，怎麼能夠稱得上是一種玩笑。「我討厭你」、「我不要愛你了」可以是情侶之間某種情話的交談，一種穩定關係裡的小情調，但卻不是可以對外人表現幽默的方式。

也就是當時你才發現，所謂的「玩笑話」，要當事人都覺得好笑才能成

••••••••••••••••••

立，若是少了一方，就變成是一種惡意。

而你的追問，其實只是想要從裡頭尋找他還愛你的蛛絲馬跡，但也就是因為這樣，你才更確定了他的認真。酒後吐真言，然而在更多的時候，人們是藉著玩笑說實話。因為，沒有人會把「不愛了」當作對外人說的玩笑，當一個笑話不好笑的時候，就只剩下難以收拾的尷尬。而你就像是無預警就宣布終止的馬拉松參賽者，沒有誰來知會，身上還穿著標示號碼的衣服，努力想要跑到終點。但比賽只剩你一個人，散落一地的難堪。跟著你也才懂了，他口中的「我們」，說的其實是「他」，但就因為不想當先不愛的那一方，所以才把你給一起拖下水。

你想，你最傷心的並不是他不愛你，而是他已經不愛你了，卻對別人說你

....

們不相愛；他已經不愛你了，卻在你面前假裝還想要在一起，背地裡卻滿腹委屈，彷彿被虧待。

但其實，你並不是非要愛他不可，你的條件沒那麼糟，還不需要靠已經逝去的來獲得慰藉；你還是有人喜歡，死賴著也不是你的優先選擇。沒有一種愛情可以靠單方面來完成，雖然愛常常會叫人白費力氣，但一廂情願則只是一種對自己的浪費而已。你也並不是沒有選擇權，只是，你希望自己在愛一個人的時候，可以死心塌地。因為你曾經那樣被拋下過，所以才發誓不要那樣待人，一種關於愛的己所不欲，勿施於人。

你並不想跟一個不愛自己的人在一起，你要的始終都是愛情，裡頭要有兩顆心。愛一個人可以不要自尊，但若自己的愛別人不想要，也要記得給自己

……………………

尊嚴。也就像是，相愛時，什麼都可以答應；但若不愛了，什麼也都不用應允。雖然不被人所愛叫人傷心，可是被一個不愛自己的人假裝愛著，更是一種心傷。傷心花點時間就可以痊癒，然而心傷卻是要時間再加上好運。你向來都不是好運氣的人，就連彩券也沒中過，所以才更要自己去努力，而這些所有的盡力，都應該是建立在相愛上頭。

你也不是勇敢，只是你情願在還能好起來的時候收手，也不要傷痕累累到無法復原才放手。你在很久以前就學會不勉強、不脅迫，拚死拚活驗證的常常都不是愛有多偉大，說明更多的都只是愛有多脆弱。

聽說，我們不再相愛了？愛情不總是由人，你知道。但若不愛的感受已經清清楚楚，也請趁早說，給不了未來，至少要給得起交代。

最厲害的第三者，其實是男人心裡的那個賊

一個男人的告白：「其實，偷吃不是最可惡的事。最可惡的，是偷吃卻忘了擦嘴的人。」

原來誘惑是風，你只能盡量去阻擋，卻無法做到完全隔絕。而男人的心有扇門，即便關了門、上了鎖，但真想要翻天覆地，再細的門縫，都讓風可以鑽得進來。

一直到他口裡招認了另一個她之後，你才徹底承認自己敗了。你關心他的生活起居，知道他每天的行程，試著不給壓迫只給體貼，盡可能做到盡善盡美、無微不至；你也認識了他的每個朋友，表現得落落大方，為的就是希望可以多懂他一些，不讓他為難尷尬，如此費心勞力，就是為了防個萬一。到了最後，你不僅是融入他的生活，甚至還把他的生活變成是自己的，但怎麼最後還是闖進了人？萬一、萬一，裡面還是有個一。

你努力去思考是否是哪個環節出了錯，才會今天落得如此？又或者是，

……………………

自己是不是不夠好，才要被懲罰？對，你覺得這是一種處罰，就像是小時候的考試，即使已經拿了九十八分，你仍會懊悔怎麼就是錯了一題，而忘了榮譽。原來，你小時候就是這樣被教導著，然後，這個慣性跟著你也把它延續到愛情裡。因此你的第一個反應是覺得一定是自己犯了錯，所以別人才可以趁虛而入。你也問自己是否少做了什麼？才發現自己不僅什麼都做了，而且還做得太多。你什麼都做了，就是忘記多愛自己一些。

他背叛了你，但不知怎地，你卻還是覺得是自己的錯。原來第三者最可怕的並不是奪走你的愛情，而是讓你否定自己。

終於你大夢初醒，在大多數的時候，「背叛」跟一個人好不好無關，而是跟會不會比較有關。因為人是群居動物，無論如何都不可能避開人群生活，同事、朋友、客戶，或是偶然碰到面的陌生人，都可以是個出軌的契機。而你無法、也不要去監視一個人的二十四個小時，所以只要有心，隨時隨地都可以是背叛的好時機。人，無法限制別人行為，只能規範自己的心。

跟著你也懂了，最厲害的第三者其實是男人心裡的那個賊。外賊好辨識，只要夠小心謹慎就可以；但內賊卻防不了、也看不到，因為「他」不只是偷偷摸摸，還會春風吹又生，就像是雜草，以為已經拔乾淨了，但只要稍不留意，就從牆縫又鑽了出來。

最後你才明白，原來自始至終都不是自己不夠好，而是他的心不滿足，對他而言，誰都不夠好。

··················

於是你不再自責，開始學會讚美那個已經考了九十八分的自己，因為沒有人是十全十美，只要能做到自己的最好，就已經是完美。完美不應該是做到一百分的好，而是一種百分之百的心意對待。而犯錯的人也是他，不是滿分的應該是他，你不必替他的手心去挨板子。

男人心裡的賊你抓不到，只能靠他自己去把關。因此，在找尋小三的蛛絲馬跡之前，你想先試著去搞清楚，他的心裡有沒有藏了一個賊。

壞的是人，從來都不是愛

一個男人的告白：「你可以去相信愛情裡面總有不得已，例如，背叛、說謊、傷害或是其他，但要不要接受，就端看你自己。」

如果說，傷害有等級程度差別的話，那麼，被外人傷害是C；被自己所愛的人傷害則是B；而最高等級的傷害是，兩個你愛的人一起聯手，等級：A。

你曾經悲觀地想過，或許愛情難免汰換，但總會、終會有自己的好友陪伴在身邊，當你感到挫折、傷心，甚至對人生感到失望時，都會有個人懂你所經歷過的一切，然後再把肩膀借給你。除了家人之外，還會有人對你不離不棄，這是一種天大的福氣。因此，你從沒想過，一場失戀，帶走的不只是一段愛情，還有一段友情。你最好的朋友跟你的男朋友，在一起了，你晴天霹靂。

你最大的傷害並不是來自他們的背叛，而是，因為你們如此要好，他們是世界上最懂你的兩個人，所以也最知道什麼方式能傷得了你，然後，他們竟

……………………

用那樣的方式對待了你。在開始之前，他們便確信你會因此而粉身碎骨，絲毫不費吹灰之力，有多麼容易，你現在就有多麼受傷。你傷心的是，他們不只破壞了你對愛情的信心，也損傷了你對人的信任。

但在所有的傷心當中，更叫你難過的是，其實你很想要原諒他們，但卻找不到足以支撐的理由。

他們都是你生命中最重要的人，即使到現在也是。你們一起度過了許多美好時光，一起歡笑、一起落淚，跟著再一起走到了這裡，這一些，都不是誰可以替代，也無法抹去。你們一起累積了那麼多，你從他們身上學到了這麼多，所以在心碎的同時，你更知道自己其實並不想埋怨他們，你還想愛他們。你想給他們的從來都不是怨恨，而是愛。而真心誠意的這樣想，卻做不

....

到，讓你加倍傷心。

原來，即使是責備也需要有對象，你終於才體悟這件事。比如說，若是你的男友移情別戀，你可以痛罵小三；而要是你的好友被拋棄，你可以斥責她的前男友，但如果自己男友劈腿的對象是自己的好朋友的話，你不知道自己該先指責誰。因為，你分不清楚誰對你比較殘忍。

那時候你也懂了，即使是去恨一個人，也是需要力氣的，何況是兩個。你已經滿目瘡痍，連自救的力氣都快沒了，怎麼還有多餘的力氣可以給出去。

但你也想過，自己是否終會原諒他們。因為時間是流動的，沒有過不去的傷，只有強留的痛；而你從來也都是個善良的人，你對任何人都客氣禮貌。你更問自己，如果自己能原諒陌生人的錯，那為什麼不能原諒自己愛的人呢？而他們也不是真的壞人，不然你們不會為伍那麼長的一段時間，只是、只是，他們剛好對你做了壞的事，如此而已。人會犯錯，他們並不是刻意想要傷害你，你懂這件事。而你們再當不成朋友，這是你的最可惜。

但是，在這一天來臨之前，你不去想原不原諒誰，你想先饒過自己，放過那個傷痕累累的自己、不再對愛信任的自己。現在的你，只想要把全部的力氣都拿來過得好。你知道自己只是遇到了壞的事，但你的愛沒有如此廉價，這麼輕易就被買走。不好的事只是拿來讓自己更堅定對愛的信仰。

你不要因為他們，就把往後的愛都變成錯的，因為壞的是人，從來都不是愛，你這樣提醒自己，再把愛的信心，一點一滴找回來。

2

傷心問……

「你還好嗎？」

於是你才驚覺，
「你還好嗎？」這句話是面照妖鏡，
會反射出自己的原形，
你的堅強與脆弱在它面前都無所遁形。

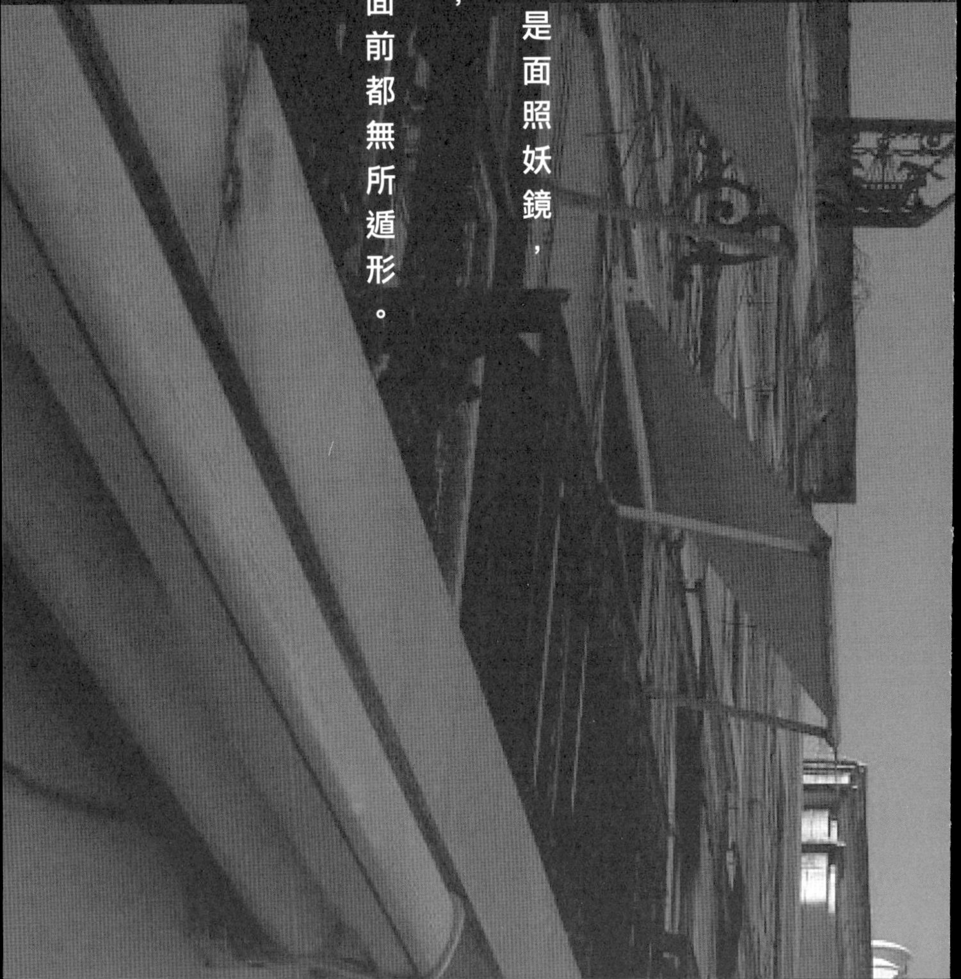

傷心的人最怕聽到「你還好嗎？」

一個男人的告白：「問別人『你好嗎？』其實很危險，
因為一不小心就會難以收拾。更因為，在勉強說了『好』之後，
會讓傷心的人加倍傷心。」

原來，「你還好嗎？」是一個開關，只要這簡單的四個字，你的眼淚就潰堤；只消這一句話，你的堅強就跟著全部繳械。

已經連續三個月你拿了全勤，沒有因為整夜的無眠而荒廢日常；你的體重終於沒有再往下掉，甚至你覺得自己的味蕾也回來了，日子不再食之無味；你再沒有缺席任何一場朋友的約，會把自己裝扮得漂亮出門，沒來由的低落不再是你無故缺席的藉口；聽到笑話你也會笑了，不會再時常於聚會中突然陷入自己的情緒中，無法自拔。朋友都說你好了，看起來不一樣了。起初你有點懷疑，但別人眼中映照的你也日漸投射到自己心中，你開始覺得自己真的好了。

你以為自己已經過得很好，你一直都把自己照顧得很好，你一直都是這樣以為。但沒想到旁人冷不防的一句「你還好嗎？」就讓你啞口無言，你突然眼前一片黑暗，只能聽得見自己的心臟狂跳，因為你無法打從心裡說出「我很好。」三個字，你的遲疑，一瞬間就揭露你的心情。原來，你所有自以為的很好，其實暗處都藏著不好在暗濤洶湧，只是因為看不見，所以就可以忽略。但只要燈一開，就哀鴻遍野。

於是你才驚覺，「你還好嗎？」這句話是面照妖鏡，會反射出自己的原形，你的堅強與脆弱在它面前都無所遁形。

跟著你也才懂了，一直以來自己治療傷口的方式就是眼不見為淨，只要不斷提醒自己它不存在，有天它就會真的消失。你聽過心誠則靈，但卻努力錯了方向，只是自己沒察覺，所以現在才會一聽到關心語句就東逃西竄。原來，你的天真並不在於愛得單純誠懇，而是希望擺著不管，傷疤就會自動消失。雖然時間會幫助人淡忘些什麼，但沒有自己的努力，都只會是事倍功半，也所以你的「好了」才會一推就倒。

真正的痊癒，是指能夠在面對過往時不嘆氣、看見回憶迎面而來時不別過頭去，然後，在它走遠的時候，不再頻頻回顧。跟著你也才明白，那些心裡扎了根的曾經，原來自己只不過是把它們趕了出門，但從此它們便日夜都在門口徘徊，於是你再也出不了門，終日只聽見它們來回踱步的腳步聲，聲響如雷，不斷提醒著你的傷心。你沒想到自己的眼不見為淨，竟讓你往後都草木皆兵。你，從來都沒有學會跟它們和平共處。

到最後你終於體悟到，要離開傷心或許沒那麼容易，但想要痊癒就要多點

....

耐心，必須學會不心急、不脅迫，而摧毀與重建都是一個堅定的過程，平心靜氣才是告別一個人的終點。

每個人最終能夠拯救自己的，都只有自己，能夠讓自己好起來的，也只有自己。一個人時，都要學會照顧自己。然後，有天再聽到「你好嗎？」時，能夠由衷地肯定自己很好，那時候才是真的好了。你要很努力去做到。

他只是不夠好，起碼不夠好到足以跟你繼續往下走

一個男人的告白：「你知道眼睛為何是長在前面嗎？因為它們就是用來提醒你要往前看，一直回頭望是一種不自然的行為。」

原來，最難以癒合的傷口並不是背叛、傷害或是欺騙，而是，自責。

他走了，你先是不可置信、再是傷心，接著責怪對方，最後再用自責告終。每段愛情結束之後，總是會經過這樣的歷程，你不懂你對他如此好，為什麼他還是要離開？所以否認；然後，你想他一定會再回來，這不只是一種祈求，甚至包含了某種程度的天真。直到確定他不會回頭了，你才真的肯面對自己的眼淚，他的堅決造就了你不留餘地的傷心。於是你開始說對方的不是，你用最簡單的方法來讓自己痊癒，就是：否定他，你藉由說他的不是來麻痺自己。原來惡言惡語是一劑鎮定劑，用來讓自己面對腐壞不驚慌、不傷痛。

一直等到藥效退了，緊接著自疚感排山倒海而來，你才發現其實自己從來

都沒有痊癒過，只是因為麻醉了所以才沒有知覺，因而讓你產生錯覺，一種海市蜃樓。接著你開始否定自己，把所有曾經對他的指責加倍加諸到自己身上，你覺得一定是自己不夠好，所以他才會頭也不回；一定是自己有所欠缺，他才會如此狠心決絕。當初你用否定他來獲得安慰，現在則用怪罪自己來得到滋味。你把這當作是一種懲罰，以為這樣就可以得到救贖。

但你卻忘了，兩個人在一起從來都不該是誰拉了誰一把，而是誰跟誰一起了，誰跟誰一起同行了。愛情沒有上下之分，只有左右相伴。

可是，你卻還是責怪自己。你的自責來自於你們曾經那麼要好，如今卻不好，你覺得一定是有人破壞了這份美好，但就因為無法指責他，所以只好把矛頭指向自己。事出必有因，總該有人被指責，否則以後你怎麼對自己交

‧‧‧‧‧‧‧‧‧‧‧‧‧‧‧‧‧‧

代？而自己，就是那個罪魁禍首。然而，你卻沒發現自己所有的檢討與修正都是建立在否定自我上頭，這是一種本末倒置，而不是前進的方式。因為所有的自我反省都應該建立於不偏頗才對，這樣才會有意義，否則就只是一種偏袒、一種是非不分。

跟著你才驚覺，一段關係終結後，最可怕的其實不是從前所共有的都一筆勾銷，反而是自己忘不掉也躲不了，然後再被拖著不放。所以你才會拿以前的好來當作借鏡，對照現在的自己。傷心，無藥可醫，而過分的自責只是雪上加霜。自省的目的是為了繼續前進，這樣才是對的，若單單只是成為未來的阻礙，則叫做牽絆，失了意義。

最後你終於也體悟到，有時候一個人的轉身，與自己是否犯了錯並無絕對

……………………

關係，常常只是兩個人的步調不同了而已。也不是自己不夠好，因為在更多時候，兩個人會走在一起跟好或不好無關，愛情是一種不講道理，只問愛與不愛，不管配與不配。自始至終愛情都是你情我願，別人無法勉強、也不能指定，所以你不能一味地責怪自己。

愛情是，好是一起的，但壞也是兩個人所共有，不會單獨是某一方的錯。愛情裡的同甘共苦，原來說的是這件事。

也或者是，離開的人，只是不夠好，起碼不夠好到足以跟你繼續往下走，所以才無法在未來的日子相伴。你不再自責，試著把那些自我否定的，變成另一個人對自己的肯定。

你不能否定我的愛

一個男人的告白：「沒為她哭過的，不算在一起。」

比被一個人拋棄還要悲慘的是，他否定了你的存在。

「她對我只是迷戀而已。」「我覺得這不算是愛。」……即使是從別人的口中傳來，這些話仍像是利刃一般刺進你的心臟。你的血湧了出來，因為速度太快，所以哽住你的喉嚨，也哽住了你要脫口而出的疑問。

你很想問他，他所謂的「愛」是什麼？為了一個人牽腸掛肚、噓寒問暖，或是徹夜守候，這些算不算是愛的一部分呢？如果不是，那麼為他喜、為他憂，又為了他擔心害怕，這樣算嗎？你以為這是你對愛的一種理解，但是他的話卻輕易就推翻了這一切。你握在手中的愛，原來在他眼中一文不值；你以為它是溫熱的，但其實很冰冷。

那一刻你就懂了，原來當一個人不想要時，你手上的珍視的寶物，都如敝屣。

你們並沒有在一起，你當然很清楚知道這件事，縱使你有多麼地想望，可是常常愛情就是不在自己的考量之內。但即使是這樣，起碼你知道自己是如此去努力過了，你無愧於心、更沒有對不起自己的愛，這樣就夠了。你曾經試著為他再堅強一次，滿地的心碎不正好就說明了這一點。所以，當他說這「不算是愛」時，你感覺到自己的心又被劃了一刀。

或許你對愛的理解沒有他多，經歷過的也比他少，但是，你也愛過，所以很清楚愛上一個人時會有什麼感受、會有什麼反應，那種想要為對方付出一切，想把最好的都給對方的心情，你都有過。就像是你曾經為他所做過的那些事情一樣。而這些，如果不算是愛的話，那又算是什麼？你也想這樣問他。

……………………

而你們之間，只是你愛上了他，而他並沒有，如此而已。但並不表示，你的愛就不是愛。你經歷過什麼，你自己最明瞭，你對待他的方式，就如同自己對於愛情的理解一樣，付出的心力也同等。你以自己對愛情的理解去經營跟他的關係。你並不要求他非要認同你的愛不可，但是，他也不能夠否定你的愛。他擁有拒絕的權利，而同樣你也擁有選擇付出的權利。

沒有一個人可以說，你的愛是錯的。因為，這是你的愛。

跟著你才明瞭了，愛一個人的珍貴與否，全端看對方的回應而定。愛不只

....

是一種感覺，更是一種行為。對方不需要的心意，對他來說就是雲煙空氣，給得再多都只是浪費，但你卻要懂自己的價值。你想要愛的好，所以要把自己交到識貨的人手上，愛不是非他不可，這也才會對得起自己。

你也相信，一定、一定會有另一個人，把你捧在手心視若珍寶。

愛才是戀人的第一考量

一個男人的告白：「為什麼男人總喜歡把付出金錢當作是一種愛意表現？這是因為他們不懂得其他對女人好的方式。」

當一段關係開始錙銖必較自己存款簿裡頭數字的增減時，示意的其實更是，兩個人已經開始不在乎感情的多寡。

這是愛情裡的最後一道關卡，你們不再問對方愛不愛我、不再開玩笑似的計較誰比較愛誰，而是開始認真地計算誰付出的比較多。多了，就要拿回來。思考模式從「兩個人這樣比較好」，變成「這樣對自己比較好。」因而，愛情終於開始崩塌。愛，再也不是你們的優先。所以才會有心力去思索愛以外的其他，一種關於愛的警訊與末路。

然而，其實你從來也都不是計較誰帳付得比較多，愛情本來就是一種付出的體現，我們會心甘情願對另一個人好、希望他好，然後，有能力的人多給予一點，這都是應該的。因為相愛時，金錢從來都不是戀人的第一考量，愛

………………

才是。也因為，金錢付出是愛情裡最簡單的討好。只是當初的最容易，隨著愛情的毀壞卻變成現在的最難纏。你搞不清楚愛情怎麼會發展至此？到底是金錢壞了愛情？還是存款數字是你們愛裡最後僅存的東西？

也或許，之所以在最後會斤斤計較那些在愛裡的關於金錢一分一毫，是因為那是在兩人關係中，少數有憑有據、唯一說分得清楚你跟我的東西。

就因為感情是無法秤斤論兩的，因此才會希望抓住僅有的依據去憑藉，然後論定。終於你明白了，這原來竟是一種切割，你把它當作是一種關於感情告終的儀式。藉由這個動作可以從此與對方沒有關聯，你要斷了彼此的往來，就像是他遺留在你家裡的所有東西一樣，你不想保留，但大多數時候這並不是絕情，而是不想觸景傷情。你把錢當作是一種感情遺產去看待。

但也就因為太容易，所以一旦去計較就變得太傷人。因為愛情包含了更多無法釐清的東西，所以才可貴、才叫人欲罷不能，而這些，又該怎麼去結算呢？也或者是，我們總是把金錢與傷心畫上等號，以為只要多拿回來一些，就能在破碎的關係裡多抵銷傷心一點，一種變相的保全。只是你忘了，愛情給的傷從來都是在心上的，而不是用帳戶裡的數字去計算。最後你才懂了，是自己把愛情的珍貴性變成了是廉價物品般的去討價還價。

當然，麵包還是很重要，你早就過了只要愛情就能活的年紀，但這也不表示麵包要擺到愛情前頭才是，而是愛情需要適當的麵包灌溉才能成長，你很清楚這點。就因為愛情最難的，就是在於那些看不見也觸摸不到的感受，所以當初才會付出那些好，現在若想收回，何嘗不是一種自打嘴巴、一種愛情的耍賴。

··················

如果說，愛情的失敗已經讓人筋疲力竭，何苦自己再多給一些為難。因為失戀最大的苦，常常都是想著給予要收回。只是，其實金錢也是一種付出的方式，既然稱為「付出」，也就像是其他在愛裡的對待一樣，無所謂收回。愛情的開始不是面紅耳赤，結束時也不應該是你死我活。經過後，你才終於體悟到這件事。

這是一種愛的學習，付出的不再想著收回，你要學著在愛的殘垣斷壁中留下僅有的關於愛的信念，以後還有能力再去愛一個誰，而不是輸掉愛情還心力交瘁，這才是全身而退。

「如果」的愛情

一個男人的告白：「如果？這是一句肯定句嗎？」

有一種愛情，用「如果」當開頭，拿拉長的尾音做結尾。

「如果你……、如果我們……」他這樣說。雖然國文不是最高分，但你當然知道這是一個「假設句」，表示未完成、示意著不肯定，但它也包含了兩個人關係再繼續的可能性。而最重要的是，它是你在心中無限上綱的未來想像。你們靠得很近，只差一步之遙，愛情就可以名正言順。

因為談過幾次戀愛，你早就不是天真爛漫的小女生，對愛情的憧憬也已經跟從前不同，因此理解愛有時會不完美，接受情總是有所欠缺，所以更知道愛情有時候需要一點努力。就因為如此，因而你加倍付出。覺得自己只要再多堅持一些，就可以填補不足，想用更多的努力來將「如果」變成肯定句。勤能補拙，長輩曾這樣告誡你，同理可證，愛情也是，勤奮可以填補不完

…………………

美，你這樣告訴自己。

因為愛情很難，哪怕只有一點幸福的機會，你都捨不得浪費。

所以，你自顧自地向前張望，遙想愛情的模樣，口渴遞水、天冷加衣，只穿他喜歡的顏色款式，聖誕節還沒有來臨你就織起了毛衣手套。只要是你想得到的，你都去做；想不到的，你拚命去想。你不怕給予的白費，只擔心做的就差了一點。他的愛情名分上還沒有你的名字，但你卻已經變成他的。他是你生活的重心、你的快樂與悲傷，你活得像他，卻不像自己。

可他的愛情卻還是離你很遠，他就像太陽，你一抬頭就看到，似乎只要張手就可以抓到，但不管你如何追逐，始終在遠方。你放開手，上頭只有風，

……………………

既看不到也沒有曾經擁有的證明。然後，你又想起了他的「如果」，最後你才發現，雖然他的如果裡沒有句號，但其實你們的關係早已經是句號。沒有如果的如果，你怎樣都沒想到，原來「如果」還有另一種可能性。你的未完成，他早已經完成。

到頭來，原來只有你不懂而已。怎麼，他所謂的如果，其實是沒有如果。

你花了好久的時間才弄清楚，男人的心中沒有假設句，同樣也會掙扎、也有顧慮，但他們的「要」與「不要」卻是明明白白。原來他的遲疑並不是假設，而是一種模擬，一種轉換跑道的觀望。就算是一種遲疑，也只是你跟他，而不是你們。自始至終，你們的愛情都是單數，而非複數。他的「如果」，不過是一種甜美包裝，就像是糖果一樣，光鮮亮麗、甜蜜芬芳，但終

....

究只會帶來熱量。他只是不想傷人，更不想當壞人。

愛情裡面沒有「如果」，只有「在一起」。或許「在一起」並不能保證什麼，但「如果」卻只會讓人傷心。

決定愛情期限的，是自己對愛的定義

一個男人的告白：「為什麼男人都外遇了還不跟另一半分手？這是因為男人對一半會有責任感，但對外面的人則不會。」

有時候，離開一個人，並不表示自己不愛他了；而選擇留下來了，也或許與愛無關，但卻跟情有關。

以前，你曾經認為一旦不愛一個人了，就該灑脫地離開，若是還留下，是一種殘忍、一種對愛的嘲諷。就因為如此信仰愛情，所以眼裡才容不下一點雜質，你追求愛的純粹極致，所以，怎麼可以接受兩個人在一起卻沒有愛？所以你才去逃、去躲，就是擔心陷入沒有愛的關係當中，你覺得這是一種對愛的尊敬，更是一種對愛的追求。但卻沒想到打滾了幾回之後，現在仍是孤身一人。你覺得自己沒前進，但也沒後路。

也就是那時候你終於想到，自己一直以來所謂的「純粹的愛」又是什麼呢？一直以來自己所追求的究竟存不存在？而當我們說著「不愛了」選擇

....

結束一段關係時，指的又是什麼？跟著你才發現，原來我們所謂的「愛」，其實都是每一個人自己所定義出來的，從來都沒有人規定愛非要怎樣不可，是自己決定了愛的樣貌，以及愛的來去。原來，我們常常只是把「熱情不再」跟「不愛了」畫上等號，是自己把那些愛情萬歲變成了一種像是口號般的空洞。

決定愛的期限的，從來都不是運命或緣分，而是自己對愛的定義。最後你這樣體悟到。

因為，只要激情一旦消退就轉身，其實示意的並不是一個人愛情至上，說明更多的只是那個人的自私而已，愛情本來就包含著責任。責任，是愛的其中一個部分。而只要打著「不愛了」的旗幟就為所欲為，不是在讚頌愛情，

....

反而比較像是對它的一種詆毀。輕易就選擇離開，更只是說明了自始至終談的都只是一個人的戀愛，而不是兩個人的。因為、因為，愛情是在教我們學會善待彼此，把對對方的好變成也是對自己好，而不是只想著自己怎樣才最好。

兩個人一旦在一起了，不管最後所謂的愛的感覺會隨著時間益發濃烈，或是給沖淡稀釋，但感受卻是會堆疊，只要相處夠久，都會變成是自己生命中難以抹滅的一部分，誰都取代不了、也都無法替代。而這，或許就是愛情更重要的意義。也就像是陪伴，它的意義並不在於兩個人一起做了什麼，而是兩個人在一起了。

如果說，愛是一種激情的話，那麼或許愛會隨著時間的拉長消失，但情卻

……………………

不會。因為情分是一種時間的累積，愛情、愛情，而它就包含在愛裡面。

不想待在一個人身旁，不是沒有愛，而是厭惡。不愛了，不會讓人想逃離，只有無法忍受了，才會。所以，「不愛了」並不是離開一個人的理由。你再不打算接受這個說詞。而今後，你也開始試著去找跟你一樣不相信的人，一樣不相信激情，但卻相信愛的人。

就因為無法為外人所道，所以才叫「祕密」

一個男人的告白：「男人沒有祕密，因為在我們不想說的時候它就不存在。若女人苦苦質問，就只會變成是謊言。我們沒有什麼鬼祕密。」

年輕的時候，你總是把坦誠與愛的深淺畫上等號，然後細細思量。

你追求的是純粹乾淨的愛，一切都要透明清晰，就連過去都要一覽無遺，才能稱之為愛。然後，再把兩個人的關係建立在這上頭。你猜，那多少都抱持著一點遊戲的心情，你把它當作是一種猜謎競賽，過程不論，但最後都要得到一個答案才算結束。那時的你也認為愛就是要毫無保留，你們不只是彼此的全部，還要知道對方的一切。

只是你從來都沒想到，一個人的祕密揭曉，帶來的往往都不是驚喜，而是兩敗俱傷的驚嚇；得到的也不會是獎品，而是更多的無妄之災。就因為把最重要的人的祕密當成影視八卦去對待，所以最後也才會不歡而散。

⋯⋯⋯⋯⋯⋯⋯⋯⋯

而在稍微長大了一點，你才更驚覺這其實是一種不公平，你不能因為自己沒有祕密，就要求對方要說出他的。你用自己的立場去要求對方配合，對方若不肯點頭，你就認定他一定犯錯；對方若不說出口，你就覺得他對不起你。但你卻忘了，自己拚命在追求以前的他，因而忽略了此刻站在眼前的這個他。你愛的是現在的他，但卻花那麼多的力氣去追究從前，於是開始覺得荒謬。

在受了點傷之後，你終於發現，我們總以為毫無保留可以把愛提升到更高的境界，但常常看到的只是滿目的瘡痍。我們也總是急於想要知道對方的一切，但卻從沒做好無條件包容的準備。

跟著你也才明白，兩個人在一起了，要一起好、一起壞，喜悲都在一起，

………………

但並不表示兩個人可以一樣。你們的不同，或許會隨著相處的時間拉長而相近，進而相似，那都是歲月給彼此的禮物，以及兩個人共同努力的證明，但卻仍舊不可能完全一樣。就像是雙胞胎，再怎麼相像，終究還是兩個個體。也就如同情侶，即使挨得再近，也會有間隙，一點點距離有時候反而會帶來好處。

就像是「祕密」之所以稱為「祕密」，就是因為裡頭包含了無法為外人所道，以及難以言喻。就連想要訴說，都不容易，這也是祕密的難處。終於你才這樣體悟到。

當然你還是會想要知道對方的所有，因為這是一種愛的體現，但同時你也開始學會體諒。他的祕密，若他願意，有一天你就能知道。雖然你不知道需

……………………

要等待多久，但你想你們相愛的歲月還很長，總會有機會，時間就是一種讓他準備的過程。你等他先開口，等他不再以為祕密是祕密了，而不是咄咄相逼。就像是傷疤，要溫柔對待，而不是蠻狠處置。

你們在一起了，一起往同一個方向走，但你不再要求全盤托出，只要愛得毫無保留，你允許對方保留自己、擁有一些屬於自己無傷大雅的小祕密，那無關你們的愛情。你們還是靠得很近，不過是有時候一步、有時候兩步的差別，最後你只期望你們能愛得光明磊落，但不再要求陽光照耀每一個角落。

有愛，才有意義；不愛了，什麼都無須在意

一個男人的告白：「去糾纏、追問，有點丟臉，男人總是比較愛面子。然而，在被甩的時候，這樣無聊的自尊卻變成是可以救回自己的方法。」

愛情，要兩個人才能成立，但分手，卻只要一個人就可以完成，你的眼淚發出抗議，但卻都被無聲的黑夜給吞沒，天亮後留下一地傷心。

關於他的離開，你曾經很不服氣，你的不服在於一切毫不合理。你相信任何事都有邏輯，有果就會有因，人怎麼可能說變就變，今天還愛著、明天就拋棄？沒有軌跡可依、沒有脈絡可循，你說服不了自己，所以才希望他來說服你。你希望他可以給你一個滿意的答案，讓你不會在夜裡睡不著、清醒時就落淚，「不愛了」並不是什麼答案，只是一個「結果」。

然後，你突然想起了某次的別離，你也曾經拒絕過別人，當時對方不甘心的表情此刻歷歷在目。你憶起了自己那脫口而出確切的理由，以及他搖著頭抗拒的神態，原來那時自己認為的真摯誠懇，聽在對方耳裡都不過是一種自

....

以為是而已。你這才懂了，即使答案一樣，但只要換個位置，得到的結果就會不一樣。一個人很難真的去體會另一個人，需要說服得來的，也就不是真心接受。

原來、原來，所謂「滿意」的答案，都是自己認可了才算數，因此，你永遠都只會拿到自己想要的答案而已，其他的都會被你拒於千里之外。

於是很後來你才明白，分手了，原來所有的理由都不重要，就跟愛情一樣，常常只有要或不要，而沒有為什麼，因為不管分離的理由再如何富正確性，即使他說了一百萬個的為什麼，但只要自己不接受，就無法成立。更因為，愛情，從來都不是推理解謎，不講求合理性，只講接受度。

……………………

跟著你也才驚覺，自己能接受的都叫做理由，自己不想要的，都會是藉口。

而再隨著日子的拉長，你更慢慢發現了，在某種程度上，原來所有的「為什麼」其實也都沒有意義，唯一不變的是，不管真實原因為何，終究都只是指向了他最後選擇離開你，並無差別。任何理由擺在時間面前，最後剩下的都是結果。但這並不是說因不重要，只是比起「他的為什麼」，更重要的是用什麼心態去接受結出來的果，然後再將它變成一種好的獲得。就因為人無法改變已發生的事，所以只能去想以後。

而他的「不愛了」，其實說明的不是愛情結束的理由，而是宣告你們愛情的終點。只是當時你不曉得，所以才會去吵、去鬧，最後只讓自己日夜都不

....

安寧。過了這麼久，你終於懂了，可以真心去接受了。

愛情是，有愛，才有意義；若不愛了，什麼都無須在意。在崩塌的事情上努力，只會是白費力氣。你很開心，自己最後可以這樣去思考。

耐心，不是治療他傷口的解藥

一個男人的告白：「耐心是一段關係裡的必須，但僅限於兩個人關係成立時。男人不是不會被誠意所感動，而是它是最後才觸動心的東西。」

每個人都是一樣的，或多或少心上都會帶點傷，不小心觸碰到就會痛、不確定是否可以痊癒，很多時候都是小心翼翼。

你談過戀愛、被拋下過，所以清楚那種傷疤，那種欲言又止的悲傷，想傾訴卻又無處可去的灰心，因此很懂得去體諒。而你也要自己去體諒。很早之前你就學會，同理心是一種必須。你想這是一種體貼，一種經歷過時間所帶來的長大，你懂得站在別人的立場去思考，而不只是用自己想法去判斷事情。也因此，當他向你說著，前任情人如何棄他於不顧，上一段感情的傷口還沒痊癒時，你也只是點點頭沒說話，希望可以用溫柔包覆他。

所以你用傾聽替代提問；微笑替代催促，不強迫、不勉強，總有天他的傷會好，只要他需要，你都會在。然後，有天他就再也離不開。他需要的是時間，而你只需要付出點耐心就可以。

那時候的你千思萬想，唯一沒想到的是，他會回去。他們舊情復燃了。事前徵兆不那麼明顯，可能只是幾天的較不熱絡的聊天、或許是他臉書上動態訊息更新得較慢，但他並沒有消失，只是比之前回應得較少、較慢，如此而已。你猜，應該是他最近比較忙的緣故，過幾天就會好轉。你有的是耐心，缺的只是他的回應。這是你所能想到，最合理的解釋，但你卻忘了，愛情從來都不講究邏輯。

••••••••••••••••••

一直到從某個人嘴裡傳來：「他跟她復合了。」你才驚覺，你的最合理，其實只是架構在自己的想像當中，而愛情的出乎意料、措手不及，也都是架構在合理上頭。跟著你也才明白，原來自己無法擁有的不只是「女朋友」的

. . . .

稱號，而是「追根究底」的權力。你跟他，你從來沒有立場過問，就像是他的無故消失，也同時讓你沒有了角色可以立足。

原來，是自己把好耐心變成了一種耐力賽，你們之間需要最多的不是不急躁，而是忍受力。自始至終，你以為在跟自己比賽的是時間，沒想到其實是他。你終於這樣理解。

但其實你並不難過，而是灰心的感受大於悲傷。你忍不住沮喪了起來，原來自己每天的問候，比不上她深夜的一則簡訊；原來自己每天的關懷，比不上她一時的脆弱。終於，你才記了起來，原來一直以來你們聊天的話題都圍繞著她。你早就知道，愛情從來都不是努力就行，不像考試只要用功念書就

……………………

有拿高分的機會，愛情，從來都不是公平的。你很清楚知道這件事，只是沒想到自己會敗得這麼徹底。

原來、原來，一直以來，你都在他的決定之外。你以為自己的溫柔陪伴終會有收穫，但從沒想到，他真的只把你當個陪伴。

最後你終於懂了，雖然愛情的確需要耐心，因為兩個人不同，所以需要時間去溝通協調，再齊步向前，這是一種學習的過程，最後會累積成一種堅韌。但這指的是兩個人已經在一起的時候，如果還是一個人，則要多留點時間給自己。而他心裡的難關，過不過得去其實要靠的不一個誰，而是他自己。

……………………

不是誰有本事讓他的傷口痊癒，而是他願意讓誰成為它的藥方。最後你更這樣體悟到。

最後的最後，你知道耐心還是好的，但要放在對的地方才是好。也就像是感情，要愛對了人，才會好。至少你要努力不讓他的舊疤痕，變成是自己身上的新創傷，你要這樣提醒自己。

3

剛剛好的寂寞

求別人給你愛，
自己給得起，
給予的時候接受愛。
自己的期望，不是對別人的。

甜剛剛好、寂寞也要剛剛好，這樣，愛情就會很好

一個男人的告白：「兩個人交往了，並不是指要一直膩在一起，而是，該各自努力的時候加油，該好好相處的時候珍惜。」

常常，愛情最難的並不是「在一起」，而是「在一起之後」。

比較年輕的時候，你談的是很近的戀愛，不只是心要貼近，體溫也是，你們無時無刻都要相處，一有機會就要膩在一起，不擔心溫度過高、只怕沒了溫度。那時候時間對你的意義是「你們再經過多少時間就可以見面」，你們是彼此的時間刻度，很溺、但不膩。這是當時你對愛情的定義，兩個人愛得深淺全由陪伴彼此的時間多寡而決定，愛就是要長相左右。可是最後愛情卻還是失敗了，於是你才明白，原來這只是一種安全慰藉，就因為擔心，所以才要把人綁在身邊，一種眼見為憑。只求心安，不求理得。

也就是那時候你更發現，靠得很近，並不是表示抓得很緊；身體挨得再近，也不說明心在左右。

…………………

再稍微長大一點之後，你再談的戀愛剛好相反。你不再追求時時刻刻膩在一起的戀愛，甚至刻意保持距離，並不是不想見，而是你覺得自己已經大到可以再不需要藉由距離遠近來證明什麼。兩個人在一起，只要心夠近就可以，而習慣距離則是一種成熟的象徵。你把不吵不鬧當作一種體貼，只要他好就什麼都好，卻忘了要問自己這樣好不好。

但怎麼他還是走了？你在震驚之餘也才懂了，這其實是一種全盤推翻，你拿過往慘痛的經驗來當作依據，只留下壞的、不留好的，一種矯枉過正。

因為，愛情不只是一人的配合調整，而應該是兩個人的步調一致。太快會叫人跟不上，太慢則被拋下，而這，應該是兩個人一起努力的事。

....

可是這些，全都是要「在一起之後」才有機會學到的課題。一個人的時候，再怎麼努力都只是設想，這樣比較好、那樣比較對，但這一切都只有在一起了才說得了準。為了一個人，你願意讓步到什麼地方；又為了一段關係，你可以妥協到什麼程度，推翻自己；然後，再從裡面找回已失去的那些，重新定義愛情，找到適合的溫度，最後堅定，這些都是非要親自走一遭之後才能夠去明白體悟。

多寡是一個比較性的問題，有點抽象，但兩個人在一起並不是上班授課，不用按表操演，而是應該去找出適合彼此的速度，不勉強、不威脅，取得平衡，一種自然狀態。因為總是靠得太近會看不清楚，但距離遙遠則會看不見，偶爾近、有時遠，才是最好。冷了多穿衣、暖了則輕便，你要試圖找出你們愛情裡的四季規律，然後去愛得好。唯有感覺到幸福了，才是愛最舒適的溫度。

愛情並沒有樣板，沒有怎樣才是最好，別人的愛你無法模仿，但要自己覺得好，才會是好。愛情是，要你們都覺得好，才有可能會好。

很久以後你才終於學會，甜剛剛好、寂寞也要剛剛好，這樣，愛情就會很好。也就像是溫度一樣，太冷身體受不了，太熱也會生病，適當就好，舒服就好。愛情也是這樣。

舊情人的新情人

一個男人的告白：「療傷期要多久？
我覺得是兩手啤酒，或是，要更多的啤酒。」

總有一天，你的舊情人一定會找到新的情人。你很清楚這件事。

甚至應該是說，從你們分手的那一刻起，你就知道這是必然。只不過時間可能久一些，或是快一點；甚至是，可能是你比較快，他比較慢，或者剛好相反過來，如此的差別而已。只是在聽到消息的那一刻，你的心跳還是漏掉了幾拍，不是驚訝，更不是不愉快，而是一種——失落。

他早就不屬於你，你們的生活早就是兩條平行線，原本因為兩人交往而相識的雙方朋友，也都回到了各自的位置，就像是你跟某人借了一樣東西，最後還是要還回去一樣。就連原本一起認識的朋友，也隨著你們戀情的告終而被迫選邊站，你曾經覺得這樣有點好笑，但後來卻發現這樣最保險。或許你無法制止愛情的流逝，但卻可以把損傷降到最低。那時他離開的時候，你就驚覺到一件事，自己不過只是暫時幫某人保管一樣物品，即使握有鑰匙，也不表示自己是主人。

原來自己是別人的愛情保險員，待時間一到，就要物歸原主，他會回到某個人的身邊。

關於你們的分手，你當然還是有點傷心。你很努力、很逞強，你對得起自己，所以對於結束你無愧於心。但傷心卻跟愧疚沒有關係，只要一想起他，你的心還是空了一塊。你問自己會埋怨他嗎？卻發現自己並不責怪他，因為他有多好、他有多溫柔，你一樣都沒有少過，只是、只是，你留不住他的好，也留不住愛情。有些時候，生命就是會讓人往不同的方向走，生命就是會有些不得不。這無關你的選擇，而是一種必然，後來你懂了這些。你並不是迷信宿命，但卻相信每個人都有各自的人生。

……………………

所以你比較埋怨愛情，因為它給了你機會，卻沒有給你永遠。

可是，你的心還是跟著又剝落了一塊。你曾經把自己給了他，即使最後分道揚鑣了，你仍然覺得自己的某些部分，從來都沒拿回來過。他是你的某一部分青春，也是某一些你最專心無二的自己。你懂一旦給了出去就要不回來的道理，但你還是覺得他把你最後留在他那邊的自己，給丟棄了。

你的失落，並不是在於他有了新情人，而是你們唯一的關聯也沒了。

你當然想過要看看他新女友的樣子，但最後還是說服自己放棄。一開始你以為自己只是膽小而已，但後來才發現不是。你在腦海裡試想過幾個情節，最後才懂了，就算真的見到了又如何？你們的人生早就沒有了交集。

而且，愛情也不是比賽誰比較好，而是比賽誰比較適合。就像是你跟他，你

……………………

們都很好，但就是沒有廝守的命。

但唯一可以確定的是，她一定給了他那些自己無法給予的東西。

也或許，其實你並不是他的愛情保管員，而是，剛好相反過來。他是替你未來的那個他，暫時保管你的愛，是他把生命中的一段空出來陪伴你走一段路，然後讓你可以帶著祝福上路，你忍不住這樣想。因為，其實你很替他感到開心。

就像是你的舊情人一樣，你相信自己，有天，一定也可以找到新的情人。一定。

復合最難在公平

一個男人的告白：「好馬不吃回頭草？但如果已經沒有其他草可以吃了，餓死就連馬都當不成，何況是好馬。」

「復合」這件事最弔詭的地方在於，兩個人的愛情其實是建立在「錯誤」上頭。

因為，復合的前提是，兩個人曾經在一起過，然後分手，現在再選擇重新交往。而當初既然會分手，示意的就是兩個人因為某種程度上的理念不合，他把工作擺第一、她覺得感覺淡了、他想要一個人生活，或是她喜歡上別人了……無論原因為何，都是一種愛情裡的不同步，所以最後才會決定各分東西。也不管過程如何難分難捨、不管結束的方式如何難堪，或是最後某一方心有不甘，所有的總結出來的都是「我們不再是情侶了」的結局。

然後再隨著時間的拉長，經過一些經歷之後，可能是幾次不順遂的約會、一些掏心掏肺卻落得心力交瘁的對待後，你們突然又想起了對方，憶起了對方的好。而當初分手的尷尬與不服氣，都在這些磨難之後有了新的體悟，你們還是覺得對方最好，不然當初不會在一起這麼長的一段時間，於是試圖想要把錯誤修正，重新再開始。所謂的錯誤，並不是對方的不好，而是當時分手的這個「錯誤的決定」。

錯的時間與對的人，你們想，當初兩個人會分開，並不是因為不適合，而是時間點不對所使然，而現在，問題終於已經迎刃而解。錯的時間，終於變成了對的時間。

你們也想，這可能也是時間對你們的一種補償，讓你們在繞了一圈之後，可以重獲彼此再開始。你曾聽說，每個人都應該有第二次的機會，所以你這回格外珍惜。你們像是新的情侶一般，期盼溫柔，但卻擁有經過時間才會有的熟悉，他的小習慣、他的怪毛病，就連走路喜歡靠左邊的喜好，都沒有改變，你都知道，所以一下就能理解，沒有太多的掙扎，彷彿你們從未分開過

…………………

似的，你覺得這是一個好預兆。

可是，跟著你也才發現，復合雖然勝在兩個人還有以往的感情與熟悉度，可以很快重新適應對方，但同時也敗在你們曾有不同步，也都會跟著一併回來。時間會讓一個人年紀隨之增長，褪去一身的青澀，變得更加成熟，這是一種必然，再多的保養品都無法留住眼神的轉換。但是，卻不表示年紀與心思成正比。時間或許可以幫你調整看事物的角度，但並不能幫你把壞的變好，這點要靠自己的努力才行。

原來，復合最可怕的，並不是兩個人的過去會緊跟著，而是，兩個人都把過去的失敗歸咎到時間上頭，覺得只要關係放到現下的時空裡，一切就可以得到圓滿。

・・・・・・・・・・・・・・・・・・

所有的感情，只要真心無欺都是好的，復合也是，愛情無關先後，更沒有絕對。然而，復合最難的其實是「公平心」。你們如何只拿上一次經驗裡的好，而不留壞，然後再把彼此擺到對等位置上頭，不再翻舊帳，不再把過去誰的錯掛在嘴邊，然後覺得對方理當多讓自己一點，這點才是復合的最大考驗。因為不管是什麼樣的戀愛關係，怕的都是計較，一旦開始計較，情分就跟著消失愈快。

復合並沒有誰該擁有特權，一旦決定重新在一起了，就表示自己願意不計前嫌，用心對待，而不是你低我高。因為、因為，愛情從來都是兩個人一起去努力的事，沒有誰多誰少，只有一起的好或不好。

沒有結婚的錯

一個男人的告白：「離婚的罪魁禍首是什麼？
就是『結婚』。王爾德說的。」

你並不討厭節日，尤其是過年。但是，「沒有結婚」這件事卻讓你必須去討厭它。

甚至可以說你是喜歡過年氣氛的，電視上二十四個小時不斷重播的新年歌曲、清晨吵死人的鞭炮聲，都讓你有了愉悅的感覺。這是一年當中唯一需要大肆慶祝，但卻沒有條件限制的節日。這是屬於家人相聚的日子，即使沒有戀人相伴，但你還是清楚知道自己同樣擁有過這個節的資格，而不用被排除在外。就算是單身一人，家人永遠都會在你的身邊，為此你感到安心。

然後，有一天，你忘了是二十七歲還是三十歲的時候，在年夜飯的餐桌上爸媽開口的第一句話已經從：「年年有餘。」變成了：「何時結婚？」第一次聽到時你有點驚訝，曾幾何時自己原來已經變成了他們眼中的「問題兒

••••••••••••••••••

童」。於是你開始變得疏遠，待在自己房間的時間也愈來愈長。你一直以為當自己在外面受盡風吹雨打之後，回家就可以安心休息，但才發現還有另一場戰要打。

在你的心裡，家原本應該是一處避風港，但卻一瞬間就變成了避之唯恐不及的地方。

為此，你感到很沮喪。你不會不知道這是一種關心，只是每當他們使的勁愈大，你就愈感覺到不能呼吸。他們不會曉得，其實你比他們更害怕、比他們更心慌。但「沒有結婚」的標籤始終貼在你的身上，就像是沉在水裡憋氣，你說服自己再撐一下，再等一下就可以浮出水面吸氣了。「這是他們的關心」，每回透不過氣來時，你就這樣提醒自己。然後，你開始懷念起過

⋯⋯⋯⋯⋯⋯⋯

年。以前的年。他們也不會發現，你有多麼想，關心是以另一種形式出現。

情人節、聖誕節、跨年，你都可以找到各式各樣的慶典來度過，或是吆喝幾個朋友聚在一起狂歡，稀釋濃烈的空洞感，但唯有過年不行。過年是和家人的節日，但你從來沒想過，「家人」的定義原來還包含了「另一半」，沒有這個「另一半」連年都不用過。

法律已經規定單身課的稅已經比較重了，但你不知道，沒有結婚竟然會讓你得跟著支付節日這項利息。

而關於不能結婚，其實對你打擊最大的是，自己竟然變成了劣等生。

……………………

你從小就沒讓父母擔過心，雖然成績不是名列前茅，但也沒有拿過紅字；出了社會工作，雖然沒有坐享高薪，但你每年都能替自己安排一趟旅行，信用卡帳單也總是準時繳費，一直是個父母眼中的好孩子。你把自己照顧得很好，但沒想到就因為「沒有結婚」，一切就前功盡棄。樓上的鄰居即使不務正業、無所事事，但就因為已經結婚，還是比你強上一百倍。你的獨立不再是優點，唯有結婚才是上策。你不服氣，但也很氣餒。

你這才驚覺原來自己的人生是數學公式，即使前面積分如何高，但因為沒結婚，最後都得乘上一個零。

可是你不懂的也是，他們一方面把沒有結婚的你列為劣等生，把結婚擺到人生大事的第一順位，但另一方面又叫你不要太挑，遇到好的人就趕緊結

....

吧。他們把結婚說得像是去市場買菜一樣隨意，到頭來，你都不確定他們說的婚姻到底是重不重要？既然是要相處一輩子的人，就應該更要慎重其事不是嗎？你沒有被說服，但卻也沒有反駁的餘地。

因為，你沒有結婚。沒有結婚是一個錯誤，而犯了錯的人沒有被傾聽的資格。

然而，其實你並沒有刻意保持單身，但就是自然而然走到了今天。你也不排斥有人陪伴，只是知道不強求的道理。兩個人在一起需要緣分，以前的你覺得這句話有點好笑，但卻是你現在可以想到的唯一一個理由。對於未來，你還是有很多的不確定，但可以確定的是，如果將來你有幸能與某個人手牽手，起碼是要發自內心的真心誠意。

……………………

你覺得，或許到頭來你還是會讓父母傷心。但是，你更知道，不能因為擔心會讓他們傷心，就讓自己傷心。或許你無法對他們負責，但至少、至少，起碼你可以做到為自己負責，你如此叮嚀自己。

外表，一種愛的務實表現

一個男人的告白：「重視外表很膚淺？但其實事實是，至少你得到了一樣。這是一種務實表現。」

外表與內在，從來都不是比賽，重點是比重。很後來你才懂了這件事。

你曾經很計較這點，覺得為什麼男人總是膚淺？總是容易被外表所迷惑？你很不服氣，覺得人之所以為人，就是擁有自主思考的能力。但後來你才明白，這原來是一種與世界的對抗，因為你忘了，人之所以為人，也就是因為人並不完美。也因此，人才會追求美的東西，這是一種天性，要背道而馳，拉扯的只會是自己。

「為什麼愛情需要建構在外表上？」你也曾經覺得這樣很膚淺，但後來你也才懂，這是因為當沒有什麼可以憑藉的時候，人總會抓住唯一可以依循的東西，就像是落水等待救援的人抓住浮木一樣。而在愛情的初始，外表便是最容易辨識的東西。相較於所謂的「好內在」，即便是經過相處都不一定能

....

辨識得出來，人心始終難測，但至少「好看」可以一眼就有所察覺。因此，才會被當成感情指引。

你說，但外表容易崩壞。可是，人的心不也是很善變嗎？你這才懂了男人在想什麼，這是他們的一種務實。

原來這不是一種膚淺，而是愛情的現實面，即使據理力爭，還是無法避免。而單覺得重視外表很淺薄，才更會被推離愛情一點。

每個人都喜歡美好的東西，你反問自己，其實也一樣。只是喜好的表現形式不同罷了。你喜歡幽默感、喜歡有才氣的男生，對於有著憂鬱眼睛的人更是無法抗拒，說到底，這其實也是一種外顯表現，只是你以為那是一種內心思維。追根究底，道理都一樣。每個人都有一種迷戀的愛情原型。

差別只在於，只有外表的好看，可以讓戀情加快三個月發芽；而有內心的好看，可以讓感情多維持三個年頭；但真要長久，外表與內心的其中一項都不可以完全欠缺。關鍵不是哪點比較重要，而是比例多少。這也是愛情的現實面。要接受了這點，才能夠在愛面前自得。

人之所以會成長，並不是因為年紀的關係，隨著時間所推移的常常也不是智慧，而是客戶服務表上所要勾選的年齡欄位而已。也就像是你非要經過一些人事物，今日才能有這樣的體悟一樣。

讓人長大的不是歲月，而是經歷，以及經歷過了然後有所體悟的心。

就像是你也懂了，美有很多種表現形式，不是只有一種樣式。你可以不必跟別人一樣，但你要用自己的方式漂亮，你要美得像自己，而不是某個誰。你也不必要每個人都覺得你很美，但至少，你要讓你的他覺得美，就夠了。

再說、再說，如果只重視外表是膚淺，那麼與其去試圖讓一個男人不膚淺，不如把力氣拿來讓自己變好，不僅更簡單也更符合效益。這是你的務實。

曾經有人對自己，那麼好

一個男人的告白：「男人天生就喜歡照顧女人，
因為那讓我們顯得威風，也包含某種程度的男性尊嚴。
但這並不表示，女人可以缺乏照顧自己的能力。」

一個人要先有能力把自己照顧好，以後才會有餘力去看照另一個人。而愛情，應該是建立在這點上頭。

或許是很久之前，久到你已經忘了是從哪邊聽來的，「女人，就應該要被照顧。」你先是不假思索，然後，在某天它內化成了你的思維，成了你後來的戀愛信仰。你依循著它給的方針去戀愛，過不了這一關的，也進不了你家的門。然後在某天清醒之後，你才看見它的另外一面說的其實是，女人應該要柔弱。原本你以為是佔上風的關係，原來不過換了個角度，你就變成了下位。

當然，這不並是說女人非要強悍，說得更多的是，女人不該只有單一的面貌。也就像是愛情一樣，有時需要堅固、有時則要柔軟，這樣才會好。以前

....

的你誤會了，所以才會一路跌跌撞撞，不得其門而入。原來人們說的「應該要」，是指愛上一個人自然就會想要對他好，而不是一種必須，縱然方向一樣，但出發點不同，表現應對就會跟著不一樣，接收到的人感受也會不一樣。而這也是很久之後你才有的體悟。

當時的你總覺得好不重要，因為那是基本，不該是拿來作為評斷的依據。但現在的你，則必須承認，有時候連想要被好好對待都很難。

也因此，你總埋怨著沒遇到好的人，但事過境遷之後你才明白，當時出現的人其實都很好，只是自己沒跟上他們的腳步。你也害怕，以後再也不會有人比他們好；而在這之中最叫你傷心的是，當你意識到這些的時候，已經都是錯過。原來，曾經有人對你這麼好。跟著你也才驚覺，自己並不是沒有遇過好的人，只是當時的你看不見他的好。原來，好跟夢想一樣，都需要被認同了，才會成真。

而那時你所認為的好，其實也只是一種變相的需要被人照顧的代名詞。你所評斷的所有關於愛的標準，都是建立在性別上頭，而不是愛的上面。可是，愛情並不是靠誰來拯救誰；相戀，也不是一種報恩，因為他對你好，所以你才要對他好。

以前的你，總希望有個人來讓自己過得好，但愛情從來都不是誰讓誰好，而是讓兩個好的人，再變得更好。你終於明白了。

最後你也才懂，原來，所謂的「因為你的出現，我的生命才變得圓滿」，

………………

指的並不是另一個人來完整了自己原本支離破碎的人生；而是，因為他的出現，你原本就有的美好生活，有了更不一樣的體會與認知，那種更豐盛的感受，一種往上的姿態。你猜或許自己的愛情資質並不好，才會繞了一大圈才領悟這些道理；但你也這樣去想，或許現在領悟還不遲，你努力先讓自己過得好，然後期許有天有能力去照顧人。

曾經有人對自己那麼好，你希望自己可以牢記這些好的感受，以後可以去珍視別人對自己的好，然後，有朝一日可以留住那些好。

愛情沒有誰先愛誰，只有幸福與不幸福

一個男人的告白：「女追男隔層紗？紗也有好紗跟壞紗的差別，要是真的不喜歡，即使把紗拿掉也追不到啊。」

什麼「愛情誰先開口誰就輸了」，但真實狀況卻常常都只是，不開口只會換來輸的結果，連贏的機會都沒有。

但以前的你並不是這樣想，你聽過太多的告誡：女生不能主動，否則男生會嚇跑；女生要矜持，不然男生會覺得你輕佻；女生不能先告白，否則男生會不珍惜……前人的規勸一定有他們的道理，因此你謹記在心，貫徹實踐。即便是遇到了心儀的對象，你仍謹守本分，你會找朋友推敲，跟著在無數的夜裡輾轉失眠，但就是沒有想過把這些力氣拿來傳達給對方。你被教導得太好，連先示意的可能性都沒有思考過。只是，當時你的不假思索、照單全收，在後來並沒有幫助你談成一段戀愛。

因此，當他在你的面前牽起另一個人的手時，當下你才懂了，原來比起

「誰先開口就輸了」，敗得更慘的是「沒開口卻還是輸了」。若先開口的結果最後仍是打了場敗仗，至少還能心服口服、清清楚楚；但要是連表達的機會都沒有，卻還是輸了，只會落得一場不明不白，連喊冤的理由都找不著。愛情要願賭服輸，你當然明白，可是沒參加賭局卻還賠上傷心，只會換得不甘不願，不知道要誰來償還。

人會隨著時間推移進化，愛情方式也是這樣。就像是區隔主動與被動的，不應該是性別，而是勇氣才對。有能力的多給予一些，愛情就是這樣。跟著你也才這樣體悟到。

愛情也理當是，若一方先開口了，另一方也應允了，至此就是公平對待。沒有誰上誰下、誰高誰低，不是先請求的就是一種理虧，就注定非要多一點付出。所有的愛情都是建立在對等關係上，就算是有所讓步，也不應該是一種卑微。姿態的高低，不是建立在誰先說愛誰上頭，而是因為愛所衍生出來的包容與理解，這樣才是對的戀愛。

而先示好也並不丟臉，死纏爛打才是，以前的你一直誤會了。若是多一點點的努力，就可以換得愛的機率，就很值得去嘗試。

所有的愛情到了最後，都非得要親身經歷過一遭，才能從裡面獲得一些什麼，不管是好的、壞的，或是最終傷人的，這都是獨身一人時所無法去體會感受的。愛情模擬不來，你只能靠自己去碰撞，然後理出屬於自己的心得。也就像是，若一個男人因為你先開口就因此而不珍惜你的話，那其實只是表示了，你們對於愛的理解並不相同，這樣的對象也不該是你的最佳人選。

……………………

到了最後，終於你也才了解到，如果愛情有所謂的輸贏，比的不是誰先愛誰，而是愛成真了或沒有，先求有，才有資格說以後。在愛裡先後並不是關鍵，重點是去愛了，然後談了一場好戀愛，跟著幸福了，才最重要。

距離從來都不是最大的考驗，沒有心了，才是

一個男人的告白：「當男人因為距離而說：『希望你等我。』時，其實後面還有一半沒說完，就是：『等我找到另一人陪伴了，你再離開。』」

讓一段遠距離戀愛結束的，從來都不是里程數，而是，脆弱。

很後來你才發現，原來「距離」是一個抽象的名詞。它可以用數字來表示長短，幾公里或是幾公尺；也可以用時間來說明距離，幾小時或是幾分鐘，它們描述的都是兩個人相隔的遠近。然而，距離的長跟短，卻會因為每個人的定義不同，而跟著就有了不同的意義。就像是，有的人覺得兩小時的車程甘之如飴，有的人卻連十五分鐘的腳程仍嫌遠，無法去計較。距離，其實是一種自由心證。

也就像是，天天生活在一個屋簷下的人，同樣無法保證可以廝守終老一樣。因為，愛情本來就不是商品檢測表，每一項都合格就表示會持續熱銷。愛情從來都沒辦法有品質保證，也沒有保固期限。更因為，每個愛情會有自

………………

己的樣貌，而在大多數的時候，愛情都只是兩個人的事。而距離的意義也不在於地圖上的比例尺，你曾經談過挨得很近，但心卻很遠的戀愛，所以很懂。

距離可以計量，但心卻永遠難測。或許距離無法被超越，但你只求心不會因此被磨損絲毫。

你當然明白，人在有時就是很難堅強，尤其是當距離加上了時間之後，寂寞來襲，所有的堅強都會變成脆弱。就像是因為低溫而結凍的玻璃，看似堅硬，但其實不堪一擊。那些「因為我最需要你的時候，你不在身邊」、「因為我觸摸不到你，但她在我身邊」、「因為我需要的是有溫度的擁抱，而不是冰冷的電話」的言語，你被告誡過不下數百次，也都從別人的經驗聽到了教訓。甚至你也看過無數個這樣的例子，在在都驗證了遠距離戀愛的下場難

………………

堪，所以更知道它的難處。

因為愛情本來就不容易，加上了距離就更難，而要是再乘上時間，就更加不簡單。然而，同樣你卻也聽過一些人，兩個人克服難關仍然廝守。跟著你才驚覺，距離並不會削減了一個人的愛，削減的只有意志力，而先放棄的人，只不過是把原本的愛給了另一個人，如此而已。

原來，距離拉得愈長並不是示意著與脆弱的等幅度，而是考驗著，兩個人的堅定程度。

於是你終於理解，人離得再遠，並不會拉開感情，只有心先走遠了，愛才會崩塌。而在面對「距離」這道無法克服的課題，你只希望自己不要先投降，或許最終結果仍會是一樣，但卻會因為過程不同，跟著讓你的心情變得不同。你不要自己是一個輕易放棄的人，你曾被這樣對待過，所以更期許自己不要變成那樣的人。愛情不可以是便宜行事的結果，只挑簡單的去做，因為多廉價買來的就有多容易毀壞。

因為你更知道，在愛情裡面，距離其實不是最大的考驗，沒有心了，才是。所以，你不要在兩個人還有愛的時候，就先不要了愛。你要試圖去克服這道難題，每段愛情都會有自己的課題，然後再期許自己還要繼續去愛，一直到不能再愛，才為止。

一個人要先開心，兩個人才有可能會銘心

一個男人的告白：「你知道蛋糕上面都會裝點的花樣，對吧？像是草莓。它們都是用來搭配蛋糕本身的，愛情也是這樣，你不能把愛情拿來當生命的全部。」

一個人不能依賴另一個人的給予來得到快樂，這樣太不自然了，而且，也太不保險了。

終於，在連電話也轉了語音，按下了「停止通話」鍵之後，你這樣想著：「之後他會怎麼說呢？」「剛剛收訊不好」，很好；「我沒接到你的來電」，很好；「手機擺在包包裡，沒聽到」，這樣也很好。這些理由或許都是真的，但更確定的是，無論如何都記得要開心，你這樣提醒著自己。

這是你從前面幾段戀情總結出來的心得。如果說，之前瀕臨發狂的經歷有帶給你一些什麼的話，或許就是這件事。相處裡所有的小細微，其實都是一把小刀，每不開心一回，就往心上劃上一刀，一直要到最後遍體鱗傷了，才會發現再回不了頭，就連後悔都來不及。

• • • • • • • • • • • • • • • • • •

那些你曾經以為天會塌下來的事情，在失去了之後，才發現原來都只是無關緊要的小事罷了。所以，你才開始學著不把刀拿在手上，不再用尖銳的方式去處理兩個人的關係，因為這樣不僅傷人，且不利己。

愛情裡常常是非難分，爭理、爭理，爭到最後不見的都是裡子，更何況不是黑白分明的模糊地帶，面紅耳赤並不是一種戀愛的方式。再者，愛情更沒有所謂的輸贏。

愛情是兩個人的，兩個人一起過日子、一起往前，但卻並不表示自己要依附著對方。所謂的「我們」，仍舊是複數，你們可以一起生活，但不是只能去過其中一個人的生活。你可以將對方的悲喜感同身受，但卻不用再當作是唯一的依歸。就像是找不到他的人，你的世界仍舊要繼續運作，你還是可以擁有屬於自己的開心。

一個人要先開心，兩個人才有可能會銘心。這是愛情裡很難的功課，你們有各自的生活，但卻不跟兩個人的生活起衝突，在一起的時候很好，但各自也能過得好。

這點很難做到，你當然知道。要是簡單，你也不會之前敗仗了這麼多次。也不是那麼容易就可以學會，甚至說，一輩子都不可能學得會，愛情就是難在它的可變性，但也就是珍貴在它的獨特性。所以你只能努力去讓自己做得更好一些，而這一點，或許就是愛情成敗的關鍵。

相愛最重要的功課是包容，然後記得溫柔。而這裡頭就包含了挑選，什麼

……………………

是該在意的、什麼又是不該責備的，一種關於愛裡頭的去蕪存菁，把鋒利的磨平，讓兩個人可以一起過得更好。至少你努力讓自己可以先做到。

也就像是你也知道，你不能要求別人給你愛，但卻希望自己給得起，並在別人給予的時候接受。這是你對自己的期望，不是對別人的。

每一次的相戀，都是一場命中注定

一個男人的告白：「誰是我的真命天女？現在在我身邊這個就是。每一個都是我的真愛。」

在看到電視新聞裡一個誰為了誰玉石俱焚的畫面後，那瞬間猶如當頭棒喝，你終於懂了，最可怕的愛情並不是誰不要了你，而是你覺得這輩子再也不會有人來愛你。

原來你也曾是那樣的自己。因為別人不要你，所以你也不要自己；因為別人辜負了現在的你，所以你就辜負未來的自己。更因為眼前無計可施，因而才用激烈的手段來留住他，愚蠢也罷、被嘲笑也沒關係，只要他還在就好。你不作他想，你的愛情是他，如果他走了，愛就從此不再。你用他的離開來說明自己與幸福的關聯。

一直到此時回想起來，才終於覺得有一點可笑。當時的你以為再也離不開一段傷心的戀情，但沒想到最後卻也是因為傷心救了你。因為在很多時候，人之所以不肯鬆手是因為不甘心，因而還能忍著，因而無法罷休，所以怎樣也聽不進去別人的勸。要一直到某天痛到受不了了，就像是滾燙的水澆在手上，才能放手、才終於能甘願。這是一種犯賤，但更多時候卻也是一種不得不的經歷，知道痛了，才學會鬆手，才學會在往後的日子不過了頭。

因此，跟著你才懂了，原來當時所謂的「沒有他，你就活不下去」，其實都只是自己的不想活。就像是你當時的無路可退，其實不過也只是自找死路。

就因為你覺得對方是你的唯一，所以你才會不相信其他幸福的可能性，才會覺得以後再沒有人給得了你幸福。你也曾以為這是一種堅貞，後來才發現原來這不過是一種偏執。因為你當初之所以會如此地固執不肯放，在很多時候其實並不是因為他很好，而是，你覺得以後不會有人對自己好。就因為害怕，所以你才把他當成了唯一。你的命定，原來是建立在否定自己上頭。

於是你也終於體悟到，其實每一次的相戀都是一場命中注定，因為我們無法預測愛情的降臨，無法掌握在哪個轉角、哪朵白雲下會相遇，然後跟某個誰在一起，它的不可預期，正好就說明了它的獨特性。也就像是，在遇見他以前，你從沒想過會有人對你這麼好，你會愛他到當成此生的唯一，因此，也才會在他離開的時候如此不能自已。

可是愛情常常就是要經過一連串的試煉，從不想活裡活了過來，才能真正聽進去過來人的勸戒。這是必經的過程，很苦，常常也自己覺得熬不過去，但也唯有挺過來了，才能真的知曉其中的滋味。才能明白，在愛裡不能總是卑躬屈膝，挺直腰桿有多重要。也就像是，你學著不再注視自己的欠缺，而是去看自己的擁有，再學著分辨知足與無饜。

總是這樣，我們從別人的身上看到自己，然後再從別人的故事裡獲得醒悟，在愛情裡我們很難先知先覺，所以才會覺得後知後覺也很珍貴。就像是今天。

因此，今後你終於可以如此去想了，不管是誰在你的身邊，這個人就是唯一，都要把他當成最愛去對待，只要夠努力，就可以少仰賴點運氣。然後有天，你現在的唯一就會變成以後的所依。

你開始學著往後的每次戀愛，把一個誰當成唯一去愛，而不是此生的唯一。

愛情沒有新舊之分，只有好壞的差別

一個男人的告白：「好的舊情人唯一輸給新人的只有一件事，那就是『新鮮感』。若可以克服這一點，沒有道理阻止復合。」

在很多時候，伴隨著時間所帶來最多的，並不是自己變得更加聰明勇敢，而是，自己看事物的角度不同了。

於是，事情才有了轉圜，情節才得以延續，故事才能未完待續。因為愛情是兩個人的，當初之所以能夠走在一起，就是因為在那個時候的彼此對愛有了共同的理解與想望，所以才能夠相伴、才可以廝守好一段時間。然而，時間是流動的，之所以最後無法終身，是因為人會隨著時間而轉變，常常是一種不得不，或是當發現時，驚覺竟已經走到了這裡。這裡，是一處不小心、不經意，但卻截然不同的境地。所以你們才無法再繼續一起往前走。

而之所以會分開的原因，並不是因為兩個人都不一樣了，常常只是，只有其中一個人變了。因此你們的步伐也從此就不相同了。你覺得他再不是你當

……………………

初認識的那個人，而他，也因為隨著時間的變化所以對你的理解也跟著不同了。在彼此的眼裡，你們都不一樣了。時間用不相同的方式，在兩個人身上產生了作用，你們，再也不是對方初相識的那個人。

你才懂了，原來在愛情裡追究的不是誰變了，因為原地不動其實也是一種變數。愛情，只求同步，不講不同。

如同路途中偶然相遇的旅人一樣，你們在某一時刻的某一個點，相遇了、點頭微笑了，於是結伴同行。然後，在某一天的某一片刻，再用相同的理由分開。就像是走到了岔路，他決定往東，你則想要向西，所以你們揮手，但也因為傷心，所以不道再見。原來愛情有時間性，你終於這樣體悟到。但終究你還是明白的，你們並非誰真的對不起了誰，也沒有難以磨平的歧見，並

……………………

沒有堅固難摧的怨懟，更不是沒有愛，只是你們都用各自的方式選擇了愛情走向，如此而已。

離開之後，你開始一人生活，學著從過去的經驗中找尋答案與出口，然後努力讓自己過得好。再然後，你又再遇見了某個誰，談了戀愛，一起生活，可到了最後仍然無疾而終。每一次的失戀你都傷心欲絕，愛情並不會愈挫愈勇，只會把心愈磨愈脆弱，連勇氣都跟著一併繳回。然後，他又出現了，你的舊情人。

你們聊天、散步，相視而笑，你發現默契都還在，當初讓彼此喜歡上的特質也都在，你們又相視而笑，最後再猶豫要不要牽手。你幾乎要忘了非放手

……………………

不可的理由是什麼。你努力去思索那個時候的難題，跟著也驚覺了，那一些碰撞堅持，原來不過都只是小事，然而這些都是要走過一遭才會明白。這是時間的魔力，它讓不重要的變得荒謬，把不小心忽略的變成珍視。

於是你也才發現，那些當初時間給予的難題，現在也因為時間得到了解決。你們又開始齊步了，就像是當初一樣。

最後你會這樣想，或許是，你們第一次的相戀，只是一種預演，讓你們先熟悉彼此，然後分開，再各自去學習，目的就是要變得更好。而這一切的一切，指向的都是再一次的相遇，這就是之前之所以會分開的原因。而分開後所學到的終於派上了用場，這次，才是屬於你們真正的戀愛的開端。

……………………

當然，人還是會一直轉變，只是也就跟青春期一樣，隨著歲月推移，人都會慢慢發展出自己的樣子，然後變動就會跟著變少了。

最終是，愛情並沒有新舊之分，只有好壞的差別。而他，是你的很新的舊情人，你們也開始準備去談一場，很年輕的老愛情。然後看看這次，是否會不小心就走成了永遠。

4

我們都會好的

在復原前，你要努力擁抱住自己，
不讓自己再受更多的傷，
因為在有些時候，維持現狀不繼續惡化，
就是一種痊癒的方式。

都會過去的

一個男人的告白：「人常常很固執，所以才要學會不跟時間對抗。再巨大的東西，擺到光陰面前都是渺小，順勢而為，硬碰硬對自己沒好處，例如『遺忘』。該忘的，就不要強留住。」

在那一段時間裡，只要一想起他，你就會看見海浪迎面襲來，跟著把你給捲走。你被困在回憶與無法抵達的未來中間，動彈不得。

他離開的那一天，就像是海嘯來襲，轟隆轟隆地滿天巨響，浪濤一波波侵襲，耳鳴、目盲、刺痛，你無法反應，手上仍抓著乾爽柔軟的毛巾來不及使用，跟著就給淹沒。不只是周遭的一切，就連你也差點就被帶走，滿目瘡痍，突然之間你的世界一片荒蕪。那些費盡心力打造出來的王國，剎那就毀壞，那一瞬間你就明白了，原來沒有什麼是恆久不壞的。再堅固的東西，其實都要比想像中來得脆弱。

也就是從那一刻起，你的日子從此風雨飄搖。你曾經以為自己倖存了下來，但後來才發現真的只是僥倖，你從來都沒有真的好起來，海嘯也從未曾

……………………

過去，所以才會一遍又一遍地被侵襲。那條毛巾始終都在你的手上，緊緊抓著。

「活著，才有機會可以看見新的風景。」朋友最常這樣告誡你，你聽過數百回類似的話語，但卻從來沒有真的得到安慰；「都會過去的。」朋友也會這樣說，但再沒有其他指引，沒有任何一個詞彙可以給予你明確的方向。你清楚知道他們都是立意良善、都是真心想要幫忙，但他們愈是安慰，你卻反而愈是憤怒。你的憤怒來自於，這樣的話語其實都像是否定，都在說著你的不夠努力，所以才會一蹶不振。他們的安慰到了你的耳裡都成了一次次的指責，來回刮著你的傷口，即便你知道這樣想只是自己的偏執，但也因此你才會加倍憤怒。

…………………

而在這所有之中，你的憤怒更是，你氣自己為什麼好不起來？為什麼還要為一個離開自己的人悶悶不樂、蹉跎自己？你最生氣的，其實是這件事。你也在指責自己。

跟著你終於懂了，處在黑暗裡的人是看不見任何東西的，因為沒有光線，所以唯一看得見的東西就是成片的黑，然後，冷不防回憶就會從暗處冒出來。你的生活豈只是災難片，也是一部靈異片，無法預期、滿懷恐懼。也所以你才會聽不進去任何的勸。

一直到過了很久之後你才能體悟，原來「都會過去的。」其實並不單是一句安慰的話，更是事實的陳述，就像是當初打散你們的海浪一樣，終會趨於平靜。而其中最大的差別只是自己何時鬆手。要確定一個人不是自己的未來

……………………

是件痛苦的事，可是常常就是非得經過這樣的椎心蝕骨，才能夠甘心收拾往事、才能承認所謂的深刻都已經被撫平，然後才可以去擁抱另一個未來。

都會過去的。或許時間會久一點，但總有一日，受傷的浪潮終會退去，只是在那之前，需要先用點耐心等待。在復原前，你要努力擁抱住自己，不讓自己再受更多的傷，因為在有些時候，維持現狀不繼續惡化，就是一種痊癒的方式。即便不是那麼積極，但至少能有點進展。

把「都會過去的。」變成是對自己的一種祝禱、一種期待，然後，等待著天空放晴來臨，在一個無風無雨的日子花點心力重建自己。不只是身體康復，更是心理的健康，然後有朝一日再去給予另一個人健康的愛。

吵架之前，你先學會和好

一個男人的告白：「男人少數比女人強的地方就是力氣，因此，我們習慣靠爭吵來奪回優勢。」

吵架的人是沒有耳朵的。在某一個爭吵的瞬間，你摀住耳朵抵擋住聲音，不過就一個不經意的動作，突然你就明白了「吵架」與「溝通」的差別。

原來，吵架和溝通最大的不同並非來自音量的大小、詞彙力道或是表情的張力，而是耳朵。前者是兩個人只顧著說出自己的想法，非要對方接受，也不管對方要不要拿，然後，耳朵關了起來；後者則是，兩個人在聽對方說話，在自己的嘴巴張開來前，先在意的是自己的聲音有沒有傳到對方的心裡。所以，電影才會有那樣的畫面，外面轟聲隆隆、支離破碎，但卻是靜音，那示意的就是吵架。

也就像是愛情裡的一心多用，講的其實不只是同時愛上好幾個人，而是人類本來就是只能專心的生物。就像是吵架，因為一次只能使用好一個器官，要嘛口、要嘛耳，很難兩全其美，所以要是嘴巴張開了，耳朵能聽到的就不多。原來這是一種人的本能，它要我們只去愛一個人，也只能同時去做一件事。所以，吵架和溝通不同，或許在極少數時候吵架可以是一種溝通，但事實上卻常常是，吵架就只是吵架而已，再沒有其他的了。

吵架，只是一種為自己好，而忘了愛情是兩個人好，才會好。

因為吵架的立基點就是一種否定，要先認為對方是不對的，所以才能夠理也直氣也壯，愈是覺得對方錯，自己的聲音就可以愈大。我們很容易就把音量跟正義畫上等號，然後據理力爭。也太容易就誤以為，吵架是一種對話的形式，以為話只要說了出口，就是一種傳遞，但忘了過量的音波震盪會阻斷迴路，自己的心聲半途就毀壞，對方永遠都接收不了。

…………………

吵架向來比的都是誰的聲音大，而不是誰的話最中聽；吵架計較的是誰的口才好，而不是誰話裡的對與錯。所以你才會把耳朵遮住，原來這是一種自保，這是一種動物的求生本能反應。其實你最害怕的是，言語不只刺痛了耳朵，更往心裡去，從此你就再也好不了。因為，吵架從來都不是爭道理，而是比誰先認輸。但溝通不是，溝通比的是誰把對方的話聽進去最多。

你這才懂了，吵架是一場耐力賽，比的是體力；溝通需要的則是耐心，比誰更有心。

吵架，終究只是兩個人將自己的自私說出來，然後希望對方接受而已，從來都不是一種理解。說出來的話，常常都只是為了讓自己好過一點，而不是要讓感情好一點。更不要說那些未經思索的言詞，總是傷身又傷心。因此，

‥‥‥‥‥‥‥‥‥‥‥‥‥‥‥‥‥‥

吵架從來都不是增進感情的方式，讓感情變好的自始至終都是溝通，都是那些伴隨著爭吵之後，跟著學習而來的體諒與包容。

打可以是情、罵可以是愛，但如果學不會療傷，傷口就永遠好不了。就像是吵架，要是學不會和好，吵來的只會是傷心，輸掉的永遠都會是真心。

所以你再不打算跟他爭輸贏，在練習吵架之前，你想把和好先學好。

愛情是汽水與水，汽水是「想要」，水是「需要」

一個男人的告白：「灰姑娘跟白雪公主要選哪一個？當然是白雪公主，因為她有一座城堡。」

原來，不只人會長大，愛情也是。而王子也是，總有一天要離開白馬。

年紀小的時候，「白馬王子」是一種具象的描述：高大、英挺、多金……你可以用上百個詞彙來建構出自己所想望的典型，你的要求看似很多，但卻談了一場又一場不成調的戀愛；年紀稍長之後，「白馬王子」則變成是抽象的描述：溫柔、孝順、善良……你用的詞彙變不多，條件也比以前還要少，但不知怎麼愛情卻變得更難。

以前的你追求新鮮刺激，你的理想典型都有個樣板，然後追著它跑，就像是螞蟻只要一嗅到甜味就靠近，但嘗完之後卻發現只換來幾百卡的熱量，因此才會即使得來了，也容易失敗。而年輕的你也不怕碰撞，所以只要有一點希望就足夠讓你奮不顧身；但現在的你，則是把前幾段感情學來的拿來當作判斷基準。跌撞了幾次之後，你才開始把現實納進來，你不覺得這是一種跟現實的妥協，因為愛情一直都包含現實面，本來就是無法切割來看。

愛情是一種經歷，會磨掉自己的不滿足，然後萃取出珍惜，還有善待自己的方式。

也就像是，年輕的時候，你不知道自己需要什麼，但卻說得出自己想要什麼；長大之後，你清楚了自己對愛情的想望，卻反而無法具體描述出它們是什麼。後來的你才明白，原來這是一種愛情的轉換，不言而喻，不用說明，但其實自己都明白。因為在歷經過幾趟愛情的磨練後，你慢慢也懂了，每一回的戀愛都是一次的洗滌，會一層一層汰換、剝掉自己對愛的不切實際，最後留下本質。而每次的心碎也都叫你正視自己，而不只是單單凝視對方。

……………………

但其實你的白馬王子一直都是同樣的典型，那些被汰換掉的，原來都只是自己的天真而已。因為白馬王子說的是一種「需要」，而不是「想要」，如同愛情，到頭來你發現自己盼的是「適合的人」，而不是「設定好的人」。以前的你，只管什麼是自己喜歡的；而現在，你則學會去看，什麼才是自己最需要。一種愛的長大成人，你發現自己的王子不需要白馬。

原來、原來，愛情就像是汽水與水，汽水是「想要」，水是「需要」。走了這麼多趟，就是為了讓你搞清楚這件事。

糖分是一種誘惑，每個人都無法抗拒，但隨著年紀增長你真正有了選擇的能力，而那些失敗的愛情都是來幫助你學會這件事。你學會什麼才是對自己好的？什麼又是對自己不好的？然後可以抗拒。就像是汽水與水，甜味或

……………………

許讓人喜歡，但真的能賴以維生的，還是得靠水才行。而你的白馬王子也是如此，不用華麗炫耀，但卻要真心無二。

你已經過了追逐人工甜味的階段，可以分辨好壞，現在只想要好好生活、好好對待自己，然後，好好地相愛。

現在的你，站在愛情面前，再問自己「想不想要？」之前，先問自己「需不需要？」。

愛與被愛都好，只要幸福了，就很好

一個男人的告白：「愛人是一種運氣，被愛則是一種福氣。因為，能夠找到所愛是多麼幸運的事，而能有個人願意對自己付出，多麼不容易。」

原來，會跟隨著時間變化的，不只是人的外表面貌以及看待事物的角度，還有，愛情。

這並不是說愛情抵擋不過時間，因為所有的事情本來就都包含了時間，會隨之轉化流轉，然後變成另一種樣子，不管你要不要、想不想，都是一種必然，沒有人躲得開、逃得過。想要把時間完全隔絕在外，才是一種天真。當然，這也不是在說所有的一切終會變壞，而是不被時間拖著走的方法並不是去逃避，應該是一起前進。試圖把那些可能是不好的，變成是一種收穫，才是與時間抗衡的方法。

你之所以深刻體悟到這件事，是當自己開始選擇「被愛多一點」的時候。剛開始戀愛的時候，體力很好、耐力也夠，你有的是愛，無處宣洩，所以只

••••••••••••••••••

想給，也不怕給。那時候的愛情是建立在無條件的付出上頭，這並非是你不需要回報，而是你覺得自己可以不顧一切的去給予。你的愛，是一種對自己的不聞不問，只管看著對方，期望對方的一點回應就足夠餵養你，很知足。

再後來，談過幾次未果的戀愛之後，你才發現，原來即使用盡全力也不一定能夠保障愛情，當時你也才明白了原來「愛是一種付出」是假的，心碎才是真的。而且，很疼，痛到你一度以為自己再也無法痊癒。所以碰撞過幾次之後，你終於開始退而求其次。你選擇「被愛多一點」，因為如此一來，即便最後還是弄碎了愛情，至少你還可以保全自己，你這樣想。一種愛的妥協。

可是，能如願的就不叫愛情，愛情從來都是一連串的經歷與統整，也就像

…………………

是愛人一樣，被愛其實只是另一個人的愛人，本質上都相同，無法保證些什麼。

所以，你還是心碎了。也就是這時候你才體悟到，沒有一種破碎的愛會叫人不傷心，只要是真的愛了誰，都會神傷。於是你把建構起來的又給推翻，在愛人與被愛之間拉扯，如此反覆。你曾聽人說過，「被愛是幸福，愛人是痛苦」，但真的經歷過你才懂，原來，痛苦也可以是一種形式的幸福；被深愛也不一定是可以圓滿。

因為愛情是一種總結出來的感受，你在裡頭所做的一切都是為了獲得一種歡欣，一種發自心深處的滿足，不張揚、不炫耀，不言而喻的一種幸福。而付出愈多，則會讓人感覺愈投入，愛情的感受也會更加強烈；相反地，接受得愈多，也容易讓人變得被動。

你當然也知道，最理想的愛情是愛與被愛的比例一樣，但完美可遇不可求，真要勉強去得到往往只會落得心力交瘁，而愛情，其實從來都不管誰多誰少，講的都是你來我往，一種關於愛的互動。可是這些事，都非要走過一遭才能夠體會、真心接受，這就是時間之於愛情的意義。

最終時間教會你的是，不管被愛或是愛人，愛情不分形式，感覺幸福了，才是唯一的指標。

全世界只要一個他的愛慕，就足夠

一個男人的告白：「男人當然都是外貌協會，其實女人也是，喜歡美的事物是人的天性。但是，每個人的品味喜好則會有差異。」

有人嫉妒你的愛情其實是一件好事，因為那是一種羨慕，表示你的愛情真實存在，因為人不會跟想像計較，所以，你不能被無形的流言蜚語打敗。

「他們怎麼會在一起？」「他的另一半長這樣？」……這些疑問句總結起來，結論都是「她怎麼配得上他？」「他怎麼會喜歡她？」你聽過太多次這樣的話，有好長一段時間，你以為自己已經能夠淡然釋懷，但每每聽到怎麼心都還是感覺像是被針刺了一下，你會縮起肩背，眉頭就皺了起來。跟著，這些言語都會再延伸出「這一定是真愛」這樣的申論。

你被這樣的話傷過很多次，你曾經以為兩個人在一起，是要花最大的力氣去經營關係，互相磨合調整，但沒想到你最大的力量卻是拿來抵擋外面的蜚短流長。但在真的經歷過一遭後，你才明白，那些近乎嘲笑的詆毀，不過都只是用來幫你釐清自己，然後更去努力。因為，所有的愛情都是兩個人在談，但怎麼只要有人說話自己就會被干擾動搖，你以前就懂的事，現在因為這些話才終於又記了起來。

那些惡意的詞彙，原來作用都不是來往你身上扎，而是讓你剝掉自己的脆弱，變得堅定。就因為他們的那些話，你才學到這些。

然後，你才又想到，真愛？每個在愛裡打滾的人，追求的不都是真愛嗎？原來他們的惡語其實是一句最衷心的讚美。只是少了祝福。但祝福從來都不是愛裡的必須，真心才是，為此，你要先慶幸自己已經擁有了。

或許，你沒有一般人認定的理想外型，但如果長相真的是戀愛裡最重要指

‧‧‧‧‧‧‧‧‧‧‧‧‧‧‧‧‧‧

標，怎麼一堆面貌姣好的女星仍舊孤家寡人？如果身材真的是兩個人關係裡最大的考量，怎麼還有那麼多S型曲線名模結了婚又離？外型，或許會影響了愛情，但真的能夠走得久，則跟契合度比較有關。沒一個人能是完美，你不用讓全世界覺得你很美，但只要在他眼中你最美就好。

因為、因為，美醜是一種主觀。沒有人可以規定你怎麼樣才稱得上是美，黃金比例只能量出腰到腳底的距離，但卻無法測出兩顆心的遠近。

當然，你也會羨慕那些幾近稱得上是完美的身材長相，也試著努力要去變成那樣。追求更好是一種上進，你可以努力去變成另一個人的樣子，但前提是你要自己先喜歡，無論變成怎樣，你都要認同自己才行，而不單單只是去變成別人喜歡的樣子，這也是你很後來才體悟到的事。

....

衛生署公布的體重數字只能標示出一個人健康與否，而不是美醜的度量方式。你不必去試著想要討好所有人，只要專心討好自己的愛就可以。就像是，你不必所有的人都認同你們的愛，但一定要自己先同意了才行。

最後你才懂了，會愛上一個人，都是因為他的優點，但每個人的優點都不相同，你不需要全世界的眼光，只要有你的他能夠愛慕，就足夠。

愛情的終點不是婚姻，是從此而後的幸福

一個男人的告白：「除了可以合法擁有孩子之外，
其實我不懂為什麼女人都很想要結婚？
因為結婚是她要搬進另一個家庭，而不再是只是照顧我。」

不、不是的，愛情的終點不應該是結婚，而是從此以後的幸福。婚禮可以是一種通往的方式，但並不是一種規範，你終於明白了這件事。

我們從小就被教導走路要靠右邊，因此從來都沒有去思考過走左邊的可能性，靠右走是一種約定俗成，維持的是一種社會秩序，一種大眾便利。但是，結婚並不是一種秩序，更不會是一種通往幸福的快速捷徑。就像是第一次到日本後，你才發現，原來他們開車是靠左邊一樣，那時候你才驚覺到原來自己可以擁有其他的選擇權。配偶欄是否要填上誰的名字這件事也是一樣。

女人從小就被教導要找個好男人嫁，一生才會幸福，那幾乎是一種信仰，於是，你也不作他想。但長大一點後你才體悟到，原來那其實是一種依附。

....

以前，女人仰賴男人而活，依靠婚姻給予生活保障，從來都不是依循著自己。然而現在，女人早就靠自己讓自己過活，早已經是個獨立的個體，再不需要結婚證書來幫你穩固些什麼。

但是，其實你選擇的並非是不婚，而是一種可預期。婚姻不能承諾些什麼，你早就清楚，但至少在步入禮堂之前，你要自己先有從此而後幸福的預感才行，一種不需要解釋的堅定。在誰來說服你之前，你要先說服自己才行。

也或許就是因為見過許多失敗的例子，也或者是自己親身遭遇過幾次的碎裂的關係，所以才更明白愛情的不可測，才更清楚人心的難以掌握，因此變得無比謹慎小心。也因為失望，所以你更曾經懷疑過愛情，跟著也就延伸到婚姻來，你擔心最多的並不是婚姻會讓自己的自由受到限制，自始至終讓你最擔心的都只是，會不幸福。所以，你才卻步。

但沒人知道其實你很害怕，你很害怕要是再思考的話，會不會選擇就愈來愈少？你害怕再不選擇，以後就會沒得挑選？你害怕的是，時間在自己身上產生的意義不再是好處，而是那些避之唯恐不及的。所以，你當然也想過要妥協，但跟著才驚覺，自己拿出去交換的竟是一直以來最珍視的愛情。你小心翼翼守護了這麼久，但卻只消一個念頭就差點一文不值。

你才懂了，因為害怕輸給時間，所以你用心去換取了些什麼，原來是自己把時間變成一種惡魔。這點，更叫你害怕。

然而最終是，你清楚地知道並不需要靠一張證書來保障些什麼，你不是抗拒婚姻，就像愛情一樣，他們都是好的。只是，要遇到對的人，才會好。因此，你不想貿然結婚，不想因為時間的壓力，就回過頭來對自己施壓，你學著不去跟時間為敵，而是試圖去調整自己的步伐，走出自己的節奏。你想，有一天、如果有那麼一天，你總會步上禮堂，但披上的會是信仰與堅定，而不再是那些未經思索的人生訓誡。

因為，結婚從來都不是一種保障，而是一種信賴。你信任對方可以依靠，你信任對方會對自己好，你信任自己跟他在一起之後，從此都會很好，這才是婚姻。

兩個人的條件很難相同，但兩顆心的分量卻要相近

一個男人的告白：「挑選約會對象跟結婚對象的標準是不一樣的，天菜擁有過就好。就像是高熱量的甜點偶爾嚐嚐感覺美味，但吃一輩子有害健康。」

菜，是要長在地上的，有土壤養分才能茁壯，所以你猜，天菜就是因為生在天上，缺乏灌溉滋養，才會長成驕傲。一種適應不良的後遺症。

這幾乎是一種附帶，奉承會養出胃口、阿諛會造就淺薄，所以特別叫人難以親近，而費盡心力靠近了，卻又弄得渾身是傷。你追尋過天菜，然後重摔到地上灰頭土臉，所以才懂了這件事。例如高攀不上，原來天菜遠在天邊的理由其實並不是什麼外貌財富，抓摸不住的從來都是他的心理狀態。那些伴隨著好條件而來的恃寵而驕。但當時你卻甘之如飴，因為覺得自己如獲至寶，所以不敢怠慢。

先是讓步、然後降低要求，最後再不問是非，你認為這是必須，因為他是天菜，所以不得不。你也不作他想，全心全意，以為自己終於押對寶，沒想

……………………

到最後一不小心就全盤皆輸。然後還沒清醒，你還在自責，一定是自己不夠好，所以才配不上他，你對自己不聞不問，只要他噓寒問暖；你不把自己擺在心上，只求你在他心上。因為，他是天菜。但你卻忘了，愛情常常都跟配不配無關，而是跟愛不愛比較有關，你誤把愛與配畫上等號，才會一敗塗地。

也就是那時候你才明白，跟天菜在一起最可怕的並不是你的忙於奔波、辛勤討好，而是，自己一開始就把自己擺在下位，再覺得理所當然，於是難以翻身。

就像是上昂貴的餐廳所需要付出的代價一樣，而跟天菜交往所要支付的是一顆夠堅固的心臟。先不論外面的什麼流言蜚語，要心臟夠強壯才能過得了自己這一關，才能夠擁有和諧的關係。因為跟天菜在一起總容易叫人自慚形穢。不健康的愛情，怎麼能冀望白頭偕老。就像是壞的土壤，再怎麼努力耕作，仍舊開不出好的果一樣，你的愛情一開始就立足在劣勢。跟天菜在一起的第一道關卡，就是心的平等，這是愛情的第一個守則，以前你都記得，只是在天菜面前都忘了。

因為，所謂的「門當戶對」原來說的不是外表美醜、存款數字，或是身分地位，而是心理狀態。這更是你最後終於體悟到的事。雖然沒有一樣愛情可以是百分之百的公平，所以刻意去追求雙方一致的對待付出，反而是一種折騰，一種耗損愛情的方式。然而，即便兩人在一起很難要求完全的對等的關係，但卻一定要達到某種程度的平衡才行。這樣的平衡無法尺度丈量、難以表格歸類，你唯一能夠依循的只有自己的心。你很難要求兩個人的條件相同，但卻可以做到兩顆心的分量相近。

…………………

愛情最公平的地方之一就是，它不問貧窮貴賤，只管真心與否。而兩個人在一起就是一種互相，你來我往，所以愛才得以珍貴。當然，一定也有同時擁有好外在與好品德的人存在，只是這樣的人豈止是天菜，而是一種難得。如果說遇見天菜是一種好遇，那麼要見到難得則需要福氣，可遇不可求。而你追求的是愛的奇蹟，而不是人的神蹟。

終於，在走過幾遭之後，你才學會不再以外在的好壞當作珍貴，而是追求內在的良善，因為到頭來，這些最難以炫耀誇飾的，往往才是愛情裡的最難能可貴；那些眼睛最見不著的，才是愛情裡的最最實際。

與其苦苦追尋讓人稱羨的天菜，不如擁有一個讓人回味不已的家常菜。

愛情，可貴的是專一，從此你再也不迷信唯一

一個男人的告白：「酒精含有麻醉成分，所以可以使傷口不那麼疼。但清醒之後，除了心痛之外，還會再加上頭痛，所以從此我就再也不這麼做了。」

痛，不過是一種活著的證據，但並不能證明愛的存在，在愛中死裡逃生後，你終於可以這樣去想了。

你想起殭屍片裡的情景，毫無生氣、行屍走肉，身體終年都感到冰冷，你覺得自己只是邁開腳步，往前踏得再多，都並不是真的活著。日曆上的數字代表的僅僅只是你們分離了多少個日子，以及提醒你又是熬過了多少時間，再無其他意義。自他離開以後，你沒有了日夜、也遺失了四季，只有痛的感受。然後，就連呼吸，就連呼吸你都要提醒自己不要忘。你是活屍，活著，但死去，有好長一段時間，你就是以這樣的方式在過著。

甚至你一度以為自己再也活不下去，你每日把最多時間拿去祈禱，第一、希望他回來；第二、或是明天不要來，這是你最大的心願。不是選擇題，比

較像是非題。當時你把他當作生命中的唯一，他是你的真命天子，所以才會以為失去他就等於失去所有，但現在的你則覺得有點好笑。你曾在他身上建構起全世界，只要自己願意，有朝一日在另一個人身上一定也可以。愛情或許始於誤會，但你希望至少可以終於醒悟。

因為，愛情裡可貴的是專一，從此你再也不迷信唯一。撐過那些晝夜不分的日子之後，你終於給凍醒，打著哆嗦伴隨著這樣的體悟。

也因此你才懂了，你之所以沒有他就不想活，並不是因為多愛他，即便你當時多麼堅定地這樣以為，但其實裡面有著更多的是自己對自己的擔心與偏執。也就像是你也以為這是捨不得，但包含更多的卻是不甘心。「我為他付出這麼多，他怎麼能夠？」「我對他這麼好，他怎麼可以？」你還在追究，

……………………

但卻忘了他不僅已經能夠，而且早也已經可以。原來，最殘忍的不是他拋下你，而是你拋棄自己，事過境遷後，你終於可以這樣去思考了。

跟著你也才明白，原來當時自己的傷，其實都是在自己的注視下無止境地擴大，就因為你再無法專心一志地望著他，所以你才凝視著傷口，因為這是他所給你的、是你們僅存的關聯，你不能放，一旦放了就表示真的失去。更因為，只要傷得愈重、撕裂得愈厲害，他就愈輕易就可以看見。

終於你驚覺到，原來是自己誤把傷痕當作是一種感情的寄託，你用這樣的方式繼續把自己託付給他，然後以為還有關聯，但卻忘了你們早無牽連。就因為你擔心自己今後會是一個人，所以才不管喜悲地要跟著他。

……………………

原來，傷痛是不是種紀念，端看它帶給自己什麼、自己又如何去定義它而決定。如果只是傷疤，再沒有其他的，就只是一種負累，而不值得懷念。人會離棄，不由自己，但你卻可以挑選保留與獲得的，然後試著重獲新生。

就像是痛，你不再把它當作是愛，你選擇先齊步再越過，而不只是被拖著走。你學習不只是去習慣痛，而是讓傷口能痊癒。

「希望你能好。」是給自己的祝福

一個男人的告白：「分手後希望對方過得好不好？都可以，只要不要來煩我就好。」

原來，其實自己很怕分開之後，他過得不好。再次相見之後，你才明白了這件事。

你們的分開並不愉快，他用了讓人難以接受的方式頭也不回地走了，你因而傷得很重，也所以才會那麼長一段時間避不見面，刻意閃躲兩個人共有的回憶，你擔心一碰就疼，一不小心就碎，然後無處可逃。更怕的是，只要再一次就會讓你粉身碎骨，再也好不起來。沒有選擇的選擇，卻是你唯一可以自保的方式。

那段時間，你打從心裡詛咒過他，你用了所有你所知道的最惡毒字眼，在心底、在外人面前狠狠地斥罵他，說他的不是。你也不管理由是否正當、好或不好，但當時的你是靠著這樣的方式才得以生存至今，遍體鱗傷地活了下來。你希望他不好、你要他得到報應，這樣你的愛才足以得到伸張，你的眼

……………………

淚才有了代價。靠著恨他，你才走到現在，才能夠有辦法像現在一樣再回頭看。只是，當初這麼確鑿的認定，在見到他之後都起了變化。

你們早無關聯，而在你的刻意閃躲中，更不曾接收到關於他的一絲一毫，你防衛得很好、滴水不漏。但如今，他又如當初相識時，同樣一聲不響地猛然出現在你面前，你先是嚇了一跳，跟著也發現他過得並不好，可心跳卻也同樣又漏了半拍。他怎麼會不好？當初他之所以離開，不就是因為他覺得那樣對自己很好？他不是選擇了用對你殘忍的方式來換回自己的想望嗎？他怎麼可以不好？也就是那時候你才懂了，或許愛情很難長久，但喜悲更是。

愛情裡的風水輪流轉。但你寧可不要自己去相信這是所謂的報應，你只相信正義。只是，你卻感受不到一絲勝利的欣喜。

即便當時負心的人是他，但現在瞥見他眼裡的狼狽，竟沒有一如你所預期地使你心生雀躍，反而是不捨。你當然清楚知道那再不是愛，只是自己曾經用盡全力去愛過的人，多少還是會有點情分，所以現在才會多少覺得自己有所虧欠。你甚至懷疑過，自己的咒罵是否成了真？所以他才會不好。

也就是那時候你才發現，原來自己並不是真的要他不好，而只是希望他對你們的感情表現出一絲的可惜而已。只要一點點的猶豫，不那麼堅決，讓你知道他也有所不捨，你就足以被安慰。因為如此一來，你就可以證明自己曾經如此被愛過，而不是在談一個人的戀愛。

跟著你也才懂了，原來喜與悲並不是一種互補，也不是加減乘除，沒有他少一點、你就可以多一些，一個人無法用另一個人的悲傷來讓自己感到快樂。只消對方的眉頭一皺，就會跟著擠壓自己的一點喜悅，因為快樂從來都不是一種搶奪，就跟愛情一樣，你只能盡心盡力，而不是使用蠻力。

快樂從來都不是比較級，沒有誰的多、誰的少，只有好或不好。

所以，後來的你希望他可以好，即使你們再不聯絡、也無須透過朋友刻意繞了一大圈去試探彼此，你們不要有任何交集，但你也不要他過得不好。這並不是說要自己去當一個多麼有氣度的人，愛情裡從來都是小心眼，而是，他好了，你最後那一絲一毫的牽腸掛肚都可以跟著給讓渡出去。

一開始是他對不起了你，但是，你希望用祝福當作結尾，因為給祝福，收穫的更會是自己，最後你終於懂了這些。

讓我們互相保護

一個男人的告白：「男人都喜歡保護另一半，
如果他們分得清『保護』跟『佔有』的差別的話。」

年輕時的你，談的每場戀愛自己都是公主。

你想要被愛、被寵、被疼，王子會斬火龍來救你；一下雨就有人會主動撐傘，不讓你被淋濕；才開口說想出去玩，就有人規劃好路線。這是你對愛情的定義，那時你最喜歡的字句是：「我會保護你。」你對愛情的想像是有人保護，縱使外面世界正在崩塌，他都會幫你扛著。因此，只要誰拿著寶劍出現，你就有了愛的感受。你覺得自己理當被保護。就像是仰賴著星座運勢一樣，你依附著他而活。就因為太想要，所以永遠都不夠。

你忙著尋求呵護，卻忘了要呵護愛情。

然後你談了幾場戀愛，努力追求自己想要的愛情，也拚命讓自己成為公

....

主，那時候的你被捧在手心呵護，很柔軟、很夢幻，但其實很不踏實。而王子的手也總是不夠牢，最後你總是摔得粉身碎骨。你以為是自己擁有了對方，但其實卻是自己是掌握在他的手中，只要他一鬆手，你就只有下墜的分。然後，下一場戀愛你抓得更緊，然後再用跌得更痛收尾。最後，你迷上了星座運勢表，希望上面的幸運顏色指引愛情的明路，吉祥配飾帶來愛情的好運，祈求下一次可以愛得更順遂。每痛一次，你就依賴它們更多一點。

你很仰賴它們，穿什麼顏色的衣服、戴什麼款式的配件，甚至約會的地點，你都需要運勢表幫你決定，覺得它比氣象局的預報還要準確。你在上面畫圈打勾，約會前就做好功課，比備考時還要認真。每到年底，你的興趣就是收集各個占卜名師的一年運勢，還有生肖流年，你會跟好姊妹交流分享，然後把預測運勢最好的那張留下，其餘統統丟進垃圾桶。你也去算命，聽說

……………………

哪邊準確就往哪邊去，即便是預約要排到兩個月後你都甘之如飴。

你不是迷信，你只是希望自己能有多一點的好運。

然而戀愛無法照本宣科，看了十份愛情預言之後，你卻發現只有離孤單更近一些，但離愛情還是很遠。於是，你跟著才發現，自己之所以依賴星座其實是源自於自己的不安全感。在無所依的時候，星座算命是你對未來僅有的憑藉依據。

「愛情」裡有兩顆心，只有一人無法前進，原來四隻手可以把未來撐得更牢。一加一或許無法大於二，但能確定的是，一定可以大於一。於是你離開了鋪滿玫瑰的花床，發現其實門外的風景遠比閣樓小窗戶看出去的優美，而

…………………

愛情堡壘是需要兩個人建築，而不是一個守衛看守。你務實了起來，因為你發現在脫下玻璃鞋後，其實自己仍舊是他的公主。

現在的你，把他擺到自己之前，改變了愛情的排列順序。你明白原來自己也有守護一個人的能力，你覺得自己也可以替他擋風，你清楚體悟到，只要是兩個人，無論到哪裡都是遠方。心是最難抵達的地方，你很慶幸自己懂了這一點。其實，你還是要人寵，但是現在只要他牽起你的手，你就覺得自己是公主。

以前的你喜歡聽到：「讓我保護你。」而現在的你則偏好：「讓我們互相保護吧。」

過節，比不上跟他牽手過街

一個男人的告白：「聖誕節、跨年、情人節、週年紀念都很重要。因為你覺得重要，所以很重要。」

電話響，朋友來電。

友：「要怎跟你另一半過節呢？」

你：「就吃飯。沒有要特別過，我們其實不太過節。」

友：「真是不甜蜜。」

你：「就是說啊。」

友：「也太慘了~~都不會互送東西嗎？慘到我都要哭了，他好不浪漫喔。」

你：「真的，跟他在一起好倒楣喔。」

掛掉電話，你轉身賴回他身上。

…………………

你曾經年輕過，覺得轟轟烈烈才精彩，稍有不如意就呼朋引伴去喝個酩酊大醉，罵工作、罵老闆，罵那些該死的男人。也罵那些得也得不到的愛情。人很複雜、戀愛很難，只有酒最單純。你認識了很多人，但隔天醒來一個也記不得。只有鏡子裡那雙血紅的眼睛，提醒了你自己有多麼狼狽。然後你痛恨自己。

你也曾經歷過週末沒有上夜店就像缺了什麼的日子，總非得待到打烊離開才甘心，老覺得時間不夠用，你還有好多精力需要宣洩。你不怕帳單上的數字，只怕虛度時針與分針。但每回從昏暗的地下室步出室外時，你總被剛升起的太陽照得睜不開眼，就像是吸血鬼暴露在陽光下一樣。然後開始覺得自己可憐。

…………………

你在夜晚逃入避難所，但卻發現天一亮後看見鏡子裡的自己覺得陌生。

你當然也收過鮮花與名牌包，幾乎就跟傷心的次數一樣多。從此你便知道，標籤上的數字跟心意並不是等號，你更知道，玫瑰的保存期限沒有真心長久、名牌包的耗損率比愛情還快。

然後，你遇見了他。他不特別帥、也不有錢、騎的還是一百cc的摩托車，他沒有以前你約會過的對象好，但你願意給他一次機會。你想去認真對待他，而不是把他當作打發時間的玩伴。於是，你收起了漫不經心。因為你花了好長一段時間才學會，人無法比較、愛情也是。你不再去想他是否不夠好？是否比前一個人差？因為愛情跟「他很好」無關，但跟「他對你很好」比較有關。

⋯⋯⋯⋯⋯⋯⋯⋯⋯

許久之後你也才明白了，你一直以為是自己選擇了他，但其實是他把你從黑暗中拉了出來。

他還是會忽略掉情人節，也總不太記得你們的紀念日是十一號還是十三號，但卻會知道你喜歡狗勝於貓、喜歡海洋多過於高山、蜜月想去的地方是挪威、只吃辣油不吃辣椒、養過一隻名叫布布的貴賓。然後，他看到小熊布偶都會買回來，然後裝在一個塑膠袋送你。他不懂得精美包裝，但你打開袋子發現裡面都是真心。禮物可以花錢買，但是溫度卻不能。

然後，生平第一次你感受到，過節比不上跟他牽手過街。

從此之後，你再也不懼怕陽光，開始期待每天都在晨光中甦醒，而不是受

……………………

怕。你不想再回去了。現在，每每挨得離他近一點，你就覺得自己更接近幸福一步。外面五光十色的霓虹也比不過家裡那二十八吋的小螢幕，你知道，所謂的幸福，是在牽著自己的那隻手上。你開始覺得時間不夠用，而不是數日子，因為你總是有好多話要跟他講，也總是聞不膩他身上的味道。

就像你更清楚體悟到，你們的愛情並不需要節日的加冕，因為你們有彼此的桂冠。

國家圖書館出版品預行編目資料

寂寞太近，而你太遠／肆一著. -- 初版.
-- 臺北市：麥田出版：家庭傳媒城邦分公司發行, 2015. 04
面；　公分
ISBN 978-986-344-218-9（平裝）

855　　104002860

寂寞太近，而你太遠

作　　者／肆一
封面設計／林小乙
內頁版型／蔡佳豪
責任編輯／蔡錦豐

行銷企畫／蘇莞婷
國際版權／吳玲緯
副總經理／陳瀅如
總經理／陳逸瑛
編輯總監／劉麗真
發行人／凃玉雲
出　　版／麥田出版
台北市中山區104民生東路二段141號5樓
電話：(02) 2500-7696　傳真：(02) 2500-1966
blog：ryefield.pixnet.net/blog
發　　行／英屬蓋曼群島商家庭傳媒股份有限公司城邦分公司
台北市民生東路二段141號11樓
書虫客服服務專線：02-25007718・02-25007719
24小時傳真服務：02-25001990・02-25001991
服務時間：週一至週五09:30-12:00・13:30-17:00
郵撥帳號：19863813　戶名：書虫股份有限公司
讀者服務信箱E-mail：service@readingclub.com.tw
歡迎光臨城邦讀書花園　網址：www.cite.com.tw
香港發行所／城邦（香港）出版集團有限公司
香港灣仔駱克道193號東超商業中心1樓
電話：(852) 25086231　傳真：(852) 25789337
E-mail：hkcite@biznetvigator.com
馬新發行所／城邦（馬新）出版集團
【Cite(M) Sdn. Bhd.】
地址：41, Jalan Radin Anum,
Bandar Baru Sri Petaling,
57000 Kuala Lumpur, Malaysia.
電話：+603-9057-8822　傳真：+603-9057-6622
電郵：cite@cite.com.my
印　　刷／中原造像股份有限公司
總經銷／聯合發行股份有限公司　電話：(02)2917-8022　傳真：(02)2915-6275
初版一刷／2015年4月

定　　價／新台幣299元

Printed Taiwan
本書若有缺頁、破損、裝訂錯誤，請寄回更換

cite城邦媒體 麥田出版
Rye Field Publications
A division of Cité Publishing Ltd.

廣	告	回	函
北區郵政管理局登記證			
台北廣字第000791號			
免	貼	郵	票

英屬蓋曼群島商
家庭傳媒股份有限公司城邦分公司
104 台北市民生東路二段141號5樓

▼

請沿虛線折下裝訂，謝謝！

文學・歷史・人文・軍事・生活

麥田出版
Rye Field Publications

書號：RV1071　　書名：寂寞太近，而你太遠

讀者回函卡

cite城邦媒體

※為提供訂購、行銷、客戶管理或其他合於營業登記項目或章程所定業務需要之目的，家庭傳媒集團（即英屬蓋曼群島商家庭傳媒股份有限公司城邦分公司、城邦文化事業股份有限公司、書虫股份有限公司、墨刻出版股份有限公司、城邦原創股份有限公司），於本集團之營運期間及地區內，將以e-mail、傳真、電話、簡訊、郵寄或其他公告方式利用您提供之資料（資料類別：C001、C002、C003、C011等）。利用對象除本集團外，亦可能包括相關服務的協力機構。如您有依個資法第三條或其他需服務之處，得致電本公司客服中心電話請求協助。相關資料如為非必填項目，不提供亦不影響您的權益。

☐ 請勾選：本人已詳閱上述注意事項，並同意麥田出版使用所填資料於限定用途。

姓名：__________ 聯絡電話：__________

聯絡地址：☐☐☐☐☐__________

電子信箱：__________

身分證字號：__________（此即您的讀者編號）

生日：____年____月____日 性別：☐男 ☐女 ☐其他__________

職業：☐軍警 ☐公教 ☐學生 ☐傳播業 ☐製造業 ☐金融業 ☐資訊業 ☐銷售業

☐其他__________

教育程度：☐碩士及以上 ☐大學 ☐專科 ☐高中 ☐國中及以下

購買方式：☐書店 ☐郵購 ☐其他__________

喜歡閱讀的種類：（可複選）

☐文學 ☐商業 ☐軍事 ☐歷史 ☐旅遊 ☐藝術 ☐科學 ☐推理 ☐傳記 ☐生活、勵志

☐教育、心理 ☐其他__________

您從何處得知本書的消息？（可複選）

☐書店 ☐報章雜誌 ☐網路 ☐廣播 ☐電視 ☐書訊 ☐親友 ☐其他__________

本書優點：（可複選）

☐內容符合期待 ☐文筆流暢 ☐具實用性 ☐版面、圖片、字體安排適當

☐其他__________

本書缺點：（可複選）

☐內容不符合期待 ☐文筆欠佳 ☐內容保守 ☐版面、圖片、字體安排不易閱讀 ☐價格偏高

☐其他__________

您對我們的建議：__________

____

特別收錄2支本書限定的未公開聲音影像：

1 **肆一親聲錄音朗讀**
《寂寞太近，而你太遠》
精選文章片段
http://goo.gl/xMuXEk

2 **《寂寞太近，而你太遠》**
特別版情境BV
http://goo.gl/xKazC0

吉他演奏／謝至平
請用手機掃描QR code，或是輸入連結觀賞

麥田出版 肆一

1860

28
541
NASCIDO EM
DUBLIN
• APRECIADO •
EM LISBOA

有時候，離開，
並不是拋棄了愛情，而是保留。
留下自己對愛的好的想望，
才有機會再去愛人。

你隱隱覺得自己有些不一樣了，
就像是那把約定好不拿回來的鑰匙，
你把某部分的自己交出去了。

CARGAS
E
Todos os accessorios
PARA

其實，離開一個人跟相愛很像，
都需要一個剛剛好的時間點，
才能夠走得掉或談成一場戀愛。
因此，在相信愛的預感時，
同時也請去相信壞的徵兆。
愛上一個人，他一定有哪裡好，
否則你們不會在一起，
但這並不表示人會一直都好，
能理解這件事，在適當的時候轉身，
才是對愛情好。

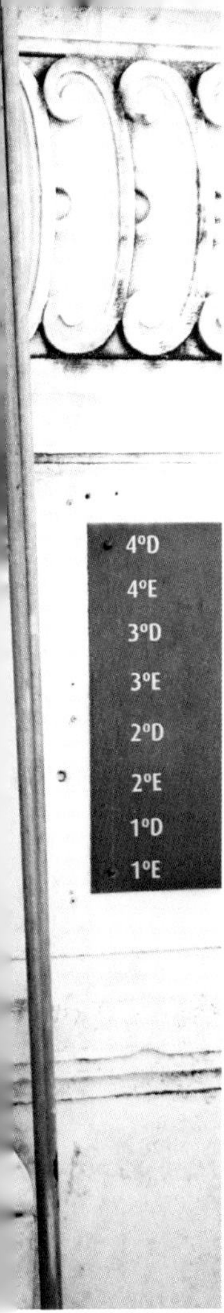

那些你曾經以為天會塌下來的事情，
在失去了之後，才發現原來都只是無關緊要的小事罷了。

也或者是，離開的人，
只是不夠好，
起碼不夠好到足以跟你繼續往下走，
所以才無法在未來的日子相伴。
你不再自責，試著把那些自我否定的，
變成另一個人對自己的肯定。

如同路途中偶然相遇的旅人一樣，
你們在某一時刻的某一個點，
相遇了、點頭微笑了，
於是結伴同行。
然後，在某一天的某一片刻，
再用相同的理由分開。

所謂的「寂寞」，不是他離開了，自己是一個人；
而是，他已經很遠了，但卻始終覺得他還在。
每每只要這樣想到，最是寂寞。